Tom Zai
Klirrender Tod

Winter- und Weihnachtskrimis

Atlantis

Am Ende des Buches befindet sich ein Glossar.

Alle Rechte vorbehalten
Copyright © 2024 by Atlantis Verlag
in der Kampa Verlag AG, Zürich
www.atlantisverlag.ch
Lektorat: Lisa Steurer
Covergestaltung und Satz: Lara Flues, Kampa Verlag
Covermotiv: © Marcel Schiegg
Gesetzt aus der Stempel Garamond LT / 240120
Druck und Bindung: GGP Media GmbH, Pößneck
Auch als E-Book erhältlich
ISBN 978 3 7152 5526 2

Warum liegt der Förster tot im Wald?

Kuno Sonderegger und Petra Hofstätter von der lokalen Polizei sowie die Forensikerin Philippa Rothenbühler stehen etwas ratlos im Wald. Es hätte ein friedlicher Ort sein können. Winterlich. Vögel pfeifen. Der Wind bewegt ganz leicht die oberen Äste der Föhren und Tannen. Schnee liegt, wenn auch arg zertrampelt. Die Zertrampelungen im Schnee werden ab sofort »Spurenlage« genannt, die lauschige Stelle im Wald »Fundort« beziehungsweise »Tatort«. Und die Person am Boden »Leiche«, obwohl es doch eigentlich der Oberförster Res Seidelbast ist beziehungsweise war.

Er liegt auf dem Bauch. Die Forensikerin dreht ihn nach einem ersten Augenschein auf den Rücken.
»Oha, der Res«, sagt Petra Hofstätter.
Immer wenn jemand spricht, bilden sich kleine Wolken, die wie aus Datenschutzgründen unkenntlich gemachte Sprechblasen noch eine Weile in der Luft schweben.
»Ja, der Res«, bestätigt Kuno Sonderegger die Faktenlage.
Dort, wo das Gesicht des Toten seitlich auflag, ist der Schnee verfärbt. »Erbrochenes«, konstatiert Philippa Rothenbühler und befiehlt dann: »Sichern!«

Die erste grobe Untersuchung der Leiche ergibt ein Bild, das rätselhaft ist. An ihrer linken Hand weist sie eine starke Verbrennung mit einem eigenartigen Muster auf. Durch die Innenfläche der rechten Hand zieht sich ein langer Schnitt, der notdürftig mit einem Taschentuch verbunden ist. Es hat sich mit Blut vollgesaugt und die Wunde hätte mit Sicherheit noch Probleme gemacht. Doch die Handfläche, wie der Rest des Körpers, macht, wennschon, nur noch der Polizei Probleme. Am Bauch gibt es ebenfalls eine Verletzung: Ein Stich von einem zwar dünnen, aber vermutlich doch stumpfen Gegenstand, der durch Jacke, Pullover, Hemd und Unterhemd gegangen war, aber den Bauch nur oberflächlich im Fettgewebe verletzt hat. Auf der Stirn prangt der Abdruck eines stumpfen Gegenstandes, der den Förster mit Wucht erwischt haben muss. Am eigenartigsten aber mutet an, dass Res Seidelbast keine Schuhe trägt. Der große Zeh des linken Fußes ragt nackt und bloß durch die wollenen Ringelsocken in die klare Winterluft.

Ob das schon ein erstes Motiv sein könnte? Raubmord? Wegen Schuhen?

Kuno Sonderegger weiß: »Der Res trägt doch immer diese Kampfstiefel – beziehungsweise hat sie getragen. Wo die nur sein könnten?«

Später, bei der forensischen Untersuchung der Leiche, wird sich eine weitere Verletzung zeigen. Die Netzhaut des linken Auges von Res Seidelbast wurde beschädigt – vermutlich durch einen starken Laser, so Philippa Rothenbühler.

Sie wird bei der Obduktion außerdem feststellen, dass der Tote Pilze zu sich genommen hatte, die in Verbindung mit Alkohol bei gewissen Menschen unverträglich sind. Doch die Reaktion auf den Pilz hat genauso wenig zum Tod des Försters geführt wie das Erbrechen, der Stich in den Bauch, der Schnitt in der Hand, die Verbrennung an der anderen Hand, der Schlag auf den Kopf oder die Verletzung der Netzhaut.

Res Seidelbast ist schlicht und ergreifend erfroren. Es kann der Schlag auf den Kopf gewesen sein, der ihn außer Betrieb gesetzt hat. Aber der Förster hatte 2.3 Promille Alkohol im Blut. Es dürfte für die Staatsanwaltschaft schwer zu beweisen sein, dass Res Seidelbast am Ende nicht einfach seinen Rausch an einem sehr ungeschickt gewählten Ort ausgeschlafen hat – und davon leider nicht mehr erwacht ist.

Die Verdächtigen, beziehungsweise die Beteiligten, können jedoch samt und sonders eruiert, die Geschehnisse, welche indirekt zum Tod von Res Seidelbast führten, rekonstruiert, verstanden, protokolliert und abgelegt werden – was erst den langwierigen nächsten Prozess in Gang setzen wird: jenen des Vergessens und Verdrängens.

Der Förster war ein pedantischer Mensch mit einem Hang zur Akribie, versehen mit ausgeprägter Engstirnigkeit, sturer als jeder Esel und flexibel nur, wenn es um die Auslegung der Treuepflicht als Ehemann ging. Mit seiner Smartwatch zeichnete er alles auf, was eine smarte Watch aufzeichnen kann. Sein Handy trackte nicht nur seine eigenen Bewegungen, sondern zeichnete auch sämtliche Bluetooth-Geräte auf, die sich in seinem Empfangsbereich befanden.

Die Auswertung aller Daten führt zu den Beteiligten, die allesamt geständig sind, wenn auch letztlich nicht zweifelsfrei schuldig. Die Rekonstruktion der Ereignisse ergibt eine Geschichte, die, hätte sie sich ein drittklassiger Krimiautor aus den Fingern gesaugt, als vollkommen unglaubwürdig, ja geradezu hanebüchen, abgetan worden wäre.

Folgendes hat sich zugetragen:

Am Freitagnachmittag gilt es noch ein paar Bäume zu fällen. Das Trüppchen des Forstamtes Überkirchen steht missmutig im Wald. Es könnte längst fertig sein, schon fast im Feierabend eigentlich – was gerade heute praktisch wäre. Der Weihnachtsmarkt ruft. Aber es läuft schlecht. Nicht schlechter als sonst. Aber schlecht. Es läuft immer schlecht, wenn der Chef dabei ist. Die Akribie, mit der er Abstände zwischen den Bäumen misst – messen lässt, wenn man es genau nimmt – haben alle so satt, dass sie noch nicht mal Vergleiche für den Sattheitsgrad heranziehen. Bloß keine Energie verschwenden! Energie, die es braucht, um die Selbstkontrolle nicht zu verlieren. Um dem Pedanten keine reinzuhauen oder ihn zumindest anzuschreien. Alle sind auf ihren Job angewiesen.

Oberförster Res Seidelbast will Struktur im Wald. Regelmäßige Struktur. Wann immer es das Gelände zulässt, bildet er gleichseitige Dreiecke aus möglichst gerade gewachsenen Bäumen. Deswegen spielen sich beim Auslichten der Jungtannen Dramen ab.

An diesem Freitagnachmittag ist es René Bissegger, der das Distanzmessgerät bedienen muss. Er wird vom Förster rumgescheucht, mal hierhin, mal dahin, muss ausmessen, nachmessen, vermessen, bis es in René Bissegger erst langsam köchelt, dann aber so richtig kocht. Um nicht auf der Stelle seinen Chef mit dem Stativ des Messgeräts aufzuspießen und dann totzuschlagen – oder umgekehrt – baut René Bissegger Adrenalin ab, indem er, wie durch Zufall, den Laser über das Gesicht des Oberförsters gleiten lässt. Der Förster wettert, jede verdammte Handpeilung sei besser, als das, was der Bissegger da mit seinem Laser abliefere. Res Seidelbast tritt gleich den Beweis an, indem er sich an den Stamm einer Tanne lehnt, das rechte Auge schließt und über den ausgestreckten Daumen der linken Hand die Winkel und Abstände zwischen den Bäumen prüft. Da verpasst ihm René Bissegger den Laser direkt ins weit aufgerissene linke Auge.

Das habe er mit Absicht gemacht, schreit der Förster im Wald rum, und das werde noch Konsequenzen haben und überhaupt, er habe es satt, mit lauter Stümpern zu arbeiten. Eine verschworene Bande sei das, die einem dahergelaufenen Laserterroristen auch noch passiv-aggressiv zugrinse, jawoll. Und sie sollten sich alle zum Teufel scheren. Das würde er ihnen dann vom Lohn abziehen.

Also wird es dem Trüppchen zu blöd mit ihrem Chef, und sie lassen ihn zurück im Wald, wo er wie Rumpelstilzchen herumstampft und flucht, bis ihm klar wird, dass ihm niemand mehr zuhört.

Als er zu Hause aufschlägt, ist seine Laune nicht besser geworden. Aber immerhin lässt er sie nicht wie sonst an seiner Frau Vroni aus, die von den Allüren ihres Mannes dermaßen die Schnauze voll hat, dass sie ihm eine weitere Lektion erteilen will. Sie erteilt ihm immer wieder Lektionen – die ihn allesamt nicht zur Vernunft bringen. Seit er sie gezwungen hat, ihren drei Töchtern Blumennamen zu geben – Hortensia, Hyazintha und Viola – hat sie unzählige Male erfolglos versucht, ihn durch Schaden klug zu machen. Im Laufe der letzten Jahre haben sich ihre pädagogischen Maßnahmen immer mehr zu eigentlichen Racheaktionen entwickelt. Heute ist es mal wieder Zeit für eine Pilzsuppe. Pilze, von ihrem Göttergatten im Herbst höchstselbst gepflückt – er würde niemals fremdgepflückten Pilzen trauen –, hat er in großem Stil eingefroren und seiner Frau für später zur weiteren Verarbeitung überlassen. Er weiß nichts vom zweiten Vorrat an Netzstieligen Hexenröhrlingen. Die meisten Menschen vertragen diesen Pilz problemlos, selbst, wenn sie Alkohol dazu trinken. Ihr Mann allerdings gehört zu einer kleinen Gruppe, welche die »Netzhexe« nicht mit Alkohol verspeisen darf. Dürfte, um genau zu sein. Denn er selber hat keine Ahnung, dass die Magendarmgeschichten, die ihn immer mal wieder außer Gefecht setzen, irgendwas mit dem Verzehr von Pilzen zu tun haben. Vroni, welche nun mal für die Zubereitung zuständig ist, hat das vor ein paar Jahren eher zufällig entdeckt, weil Res – der Unfehlbare! – zu den Flockenstieligen Hexenröhrlingen, der »Flockenhexe«, versehentlich zwei Netzstielige ins Körbchen gelegt hatte. Oh, wie der ein paar Stunden später gereihert hatte. Und dann praktisch 24 Stunden nicht mehr aus dem Klo rausgekommen war. Herrlich.

Nun also Pilzsuppe. Ohne Alk. Der würde später fast wie von alleine in reichlichen Mengen den Weg zum Pilz finden und dann dem über den Zaun grasenden geilen Bock von einem Ehemann, diesem in fremdgestrickte Ringelsocken stinkenden, pedantischen, rechthaberischen Nichtsnutz nach der Zechtour über den Weihnachtsmarkt und dem Stelldichein bei der Fremdstrickerin die Nacht zur Hölle machen.

»Das gibt Boden«, sagt Vroni zum Förster, als sie das zweite Mal für beide nachschöpft. Ihr Mann ist so von sich selber überzeugt, dass er im Leben nicht auf die Idee kommen wird, dass die Kotzerei und Scheißerei, die ihm bevorstehen, irgendwas mit der Suppe zu tun haben könnten.

Überhaupt steht Res Seidelbast, dem Oberförster, auf den das Prädikat »Menschenfreund« so gar nicht zutrifft, noch einiges bevor. Also bevor er dann am Ende sterben wird. Aber davon weiß er in diesem Moment nichts. Das lässt sich, wie gesagt, erst im Nachhinein rekonstruieren. Wer rechnet schon im Voraus damit. Res Seidelbast zumindest nicht.

Er macht ein ganz kleines Schläfchen nach dem Süppchen, duscht, zieht Zivilkleidung an, die auch auf den zweiten Blick immer noch an einen Förster erinnert, und verlässt grußlos das Haus. Er nimmt das Auto, obwohl er mit Sicherheit nicht damit würde heimfahren können – wie immer, wenn er »in den Ausgang geht« (obwohl er eben hinfährt).

Er hat vor, so richtig Gas zu geben. Aber nicht mit dem Fahrzeug. Der blöde Schleier auf seinem linken Auge stört beim Lenken und will beruhigt werden. »Warte, Durst, bis Abend ist!«, sagt er, als er das Auto auf den Parkplatz beim Weihnachtsmarkt fährt und wie immer die Tafel *Forstamt* auf die Ablage legt, weil er nicht vorhat, die lächerlichen Parkgebühren zu bezahlen.

Der Förster stürzt sich ins Getümmel und trinkt sich durch die Stände. Glühwein hasst er über alles, aber Bier, Sekt, Wein und Schnaps sind ihm willkommen. Bei jedem zweiten Stand kriegt er sein Getränk umsonst. Energiekrise sei dank wollen viele möglichst schnell an Brennholz kommen. Da führt kein Weg an fucking Oberförster Res Seidelbast vorbei. Er fühlt sich mit jedem Glas großartiger.

Irgendwann landet er beim Socken- und Waffelstand von Amalia Rosenkranz und, als ob es ihn den ganzen Abend genau da hingezogen hätte, auch im Stand der Kampfstrickerin. Es ist genau ein Jahr her, dass ihre Leidenschaft für den Oberförster entflammt wurde. Ab einem gewissen Pegel kennt dieser kein Halten mehr und das Verlangen, Frauen an die Wäsche zu gehen, wird übermächtig. Amalia Rosenkranz gehört zu der verschwindend kleinen Minderheit, die das zu schätzen weiß. Eigentlich ist sie die Einzige hier. Man kann es vielleicht wissenschaftlich erklären. Aber wen interessiert das? Sie möchte einfach nur gedrückt oder geliebt werden – wenn es sich einrichten ließe beides –, was ihr – leider auch beides – wiederum ihr Mann Norbert seit Jahren verwehrt. Sie fackelt nicht lange, will, dass der Förster mit ihr »kurz in den Lieferwagen« geht, der hinter dem Stand parkiert ist – »für ein kleines Hüpferchen«, wie sie sich ausdrückt. Doch Res Seidelbast will nicht recht oder ist noch zu wenig betrunken. Seine Frau habe in letzter Zeit so Kommentare gemacht, wenn sie geringelte Wollsocken an seinen Füßen sehe, sagt er. Vermutlich habe sie was spitzgekriegt. Es wäre wohl besser, wenn sie sich eine Weile nicht treffen würden.

Dass Amalia Rosenkranz eine ungeahnt furiose Leidenschaft entwickelt, weiß der Förster nur zu gut. Dass diese auch in weißglühenden Jähzorn umschlagen kann, ist neu für ihn. Nach einem kurzen, aber heftigen Wortgefecht packt sie eine Stricknadel und rammt sie ihm mit voller Wucht durch Jacke und Hemd bis in den Bauch, wo sie nicht allzu tief eindringt. Dennoch zuckt der Förster vor Schreck und Schmerz zusammen. Er verliert das Gleichgewicht und stützt sich im Fallen auf dem heißen Waffeleisen ab. Als er sich fluchend aufrappelt, hat sich bereits eine Menge vor dem Stand versammelt. Res Seidelbast brummelt was von einer »Spezialliefergung Tannenreisig« und macht sich unter dem Spott der Leute davon – weg vom Markttreiben, raus in die schützende Dunkelheit. Die Handfläche mit dem eingebrannten Muster des Waffeleisens kühlt er mit Schnee vom Straßenrand. Das ist definitiv nicht sein Tag.

In seinem Auto lagert an geheimem Ort eine Flasche Wodka für den Notfall. Da dies ein Notfall ist, schnappt er sich die Flasche und auch die starke Taschenlampe.

Beides steckt er in seine Jackentaschen und tritt zu Fuß den Heimweg durch den Wald an. Wirklich weit ist es nicht. Drei Kilometer auf einem Forstweg, der parallel zur Autostraße durch den Wald führt. Sein Ziel ist es, die Strecke und die Flasche in unter einer Stunde zu schaffen.

Auf halbem Weg fällt ihm ein Fahrzeug auf, das an der Autostraße steht. Er bleibt stehen, horcht und späht in den Wald. Ein Kichern erreicht seine Ohren. Im Scheinwerferlicht der Lampe erkennt er zwei Gestalten, die an einer mächtigen Buche stehen. ›Ihr habt an Buchen nichts zu suchen!‹, geht ihm ein alkoholgeschwängerter Reim durch den Kopf, den er für sich behält, da er die beiden kennt. Nur zu gut. Ihm vergeht das Witzeln gründlich, als er die Zusammenhänge versteht.

Es sind Kevin Rüdisüli, sein Lehrling, und Viola Seidelbast, die in jugendlicher Blüte stehende, offenbar in einen Idioten verliebte Tochter. Als Förster und vor allem als Vater tritt er näher. Das Gekicher wirkt nun unsicher. Kevin versucht etwas hinter seinem Rücken zu verstecken. Doch Res Seidelbast hat nur Augen für seine Buche. Mitten in ihrem Stamm prangt eine frisch zugefügte, riesige Wunde: Ein Herz mit den Initialen *K. R.* + *V. S.* – V. S., ein Grund mehr für Viola, ihren Vater zu hassen. Seit die Lehrerin in der 6. Klasse die Schweizer Kantone durchgenommen hat, nennen sie alle »Wallis« – seit ihre Namensvetterin aus dem Kanton mit dem Autokennzeichen *vs* Bundesrätin geworden ist, nennt sie ganz Überkirchen so –, was aber immer noch besser ist als »Viöleli« oder »Blüemli«, wie sie im Kindergarten genannt wurde.

Der Förster schäumt vor Wut und will sofort, kraft seines Amtes, das Corpus Delicti, die Tatwaffe, konfiszieren. Zerknirscht holt Kevin seine Hand hinter dem Rücken hervor und hält seinem Chef das Messer hin. Dieser greift mit der unverletzten Hand zu und zieht, in der Meinung, Kevin halte ihm den Griff des Messers hin – so, wie er es ihm in unzähligen Sicherheitsinstruktionen verdammt noch mal beigebracht hat. Dass er sich geirrt hat, merkt Res Seidelbast erst, als er die Klinge über die ganze Länge seiner Hand gezogen hat. Das Messer fällt in den Schnee, weil beide gleichzeitig loslassen. Blut und Fluchworte fließen heftig. Viola und Kevin, das muss man ihnen lassen, wollen sich sofort um den Verletzten kümmern. Schließlich haben sie sich beim Nothelferkurs ineinander verliebt und abgesehen davon sind sie einfach fürsorgliche, nette Menschen – etwas, das Res Seidelbast auf den Tod nicht ausstehen kann. Der Förster scheucht sie weg und will auch nicht von ihnen nach Hause gefahren werden. Sie sollten machen, dass sie vom Acker kämen, beziehungsweise vom Wald. Und das habe dann noch ein Nachspiel, faucht er sie an. Die beiden fügen sich und gehen wohl oder übel. Sie haben auf die harte Tour gelernt, dass man sich Res Seidelbast besser nicht widersetzt. Das Messer nehmen sie mit.

Seine Hand verbindet der Förster behelfsmäßig mit seinem Taschentuch, einem alten Stofftuch mit den Initialen *A. S.*, das er von seiner Mutter selig, die ihn immer bei seinem vollen Namen Andreas rief, vor einer Ewigkeit zur Erstkommunion bekommen hatte. Initialen auf Taschentüchern sind für Res Seidelbast ein Muss.

Anderswo haben sie rein gar nichts zu suchen – schon gar nicht auf Buchen. Aber ihm ist nicht mehr nach Reimen. Es ist nicht mehr allzu weit bis nach Hause und er fängt an, daran zu glauben, dass nicht nur die Flasche Wodka, sondern auch dieser Tag zum Vergessen bald geschafft ist.

Aber da: Noch ein Auto. Diesmal mitten auf dem Forstweg. Spuren führen in den Wald. Trotz seines Zustands – stark steigender Alkoholpegel, multiple Verletzungen und ein unangenehmer werdender, geradezu schmerzhafter Druck in Magen und Darm – will er der Sache auf den Grund gehen. Wenn da gleich einer in seinen Wald kackt, dann wohl er selber. Die Aussicht, jemanden mit blankem Arsch beim Freischeißen anzutreffen, beflügelt ihn geradezu.

Jetzt nochmals jemanden so richtig zur Schnecke machen – damit würde er diesem beschissenen Tag einen kleinen Sieg abringen.

Bald hört er das regelmäßige Geräusch einer Schaufel, die in den Boden eindringt. Das müsste dann ein überkorrekter Freischeißer sein, der seine Exkremente einbuddelt. Aber als der Lichtstrahl einen Hünen von einem Mann erfasst, versteht er, dass es hier um was ganz anderes geht. Ein Christbaum-Frevler ist am Werk und er, Oberförster Res Seidelbast himself, erwischt ihn in flagranti. Der Kerl hat es auf eine Jungtanne abgesehen, die er ausgräbt. Ein Modetrend. Nachhaltige Christbäume im Topf. Weil mehrjährig, weil öko, weil auf lange Sicht günstiger, weil hype oder hip oder hop. Ihm egal. Solange keine Bäume aus seinem Wald involviert sind. Als er dem Frevler ins Gesicht leuchtet, wird ihm klar, dass seine Pechsträhne nicht zu Ende ist.

Vor ihm steht Norbert Rosenkranz, der Mann von Amalia, der zwar keine Lust auf Kopulation hat, es aber gleichzeitig unerträglich findet, dass seine Frau ausgerechnet mit dem Ekelpaket von einem Oberförster ihrer animalischen Lust freien Lauf lässt. Es war nicht allzu schwer herauszufinden. Seither wartet Norbert Rosenkranz auf den Moment, es dem Förster heimzuzahlen. Einen seiner Bäume zu freveln, hat ihm bereits ein gutes Gefühl gegeben. Diesem Idioten nun auch noch ohne Zeugen eins mit der Schaufel überzubraten, ist eine Verlockung, der er einfach nicht widerstehen kann. Res Seidelbast sieht die Schaufel kommen, bevor er gar nichts mehr sieht. Sie trifft ihn mitten auf die Stirn und er denkt noch: ›Alles hat ein Ende, nur die Wurst hat zwei‹, was keinen Sinn ergibt, es aber auch nicht muss.

Er bleibt recht lange einfach liegen – bis sein Körper die letzten Reserven mobilisiert, als die Netzhexe in Kombination mit dem Alkohol ihre maximale Wirkung entfaltet. Unbewusst dreht er sich auf den Bauch, damit er beim Kotzen nicht sofort erstickt. Dass er seine Hose füllt, nimmt er, wie alles andere, kaum mehr wahr. Er driftet gleich wieder weg, weil der Wodka zusammen mit den anderen Getränken so richtig reinkickt. Nachdem sich Res Seidelbasts Körper erleichtert hat, versetzt er sich in den Recovery-Modus, ehe das Gehirn in ein paar Stunden das System wieder hochfahren will. Was nicht geschehen wird, da er sich für den Ruhezustand einen denkbar ungünstigen Platz ausgesucht hat. Bis er sich wieder in den Betriebszustand versetzen könnte, ist er – einer kalten Winternacht geschuldet – nicht mehr funktionsfähig. Er zieht die Konsequenzen und stirbt in den frühen Morgenstunden.

Was bleibt, ist das Rätsel mit den verschwundenen Stiefeln des Res Seidelbast. Sie werden – eher durch Zufall – ein paar Monate später auf einem Schuhbaum gefunden. Überkirchens Jugend macht sich einen Spaß draus, immer wieder zusammengebundene Schuhpaare auf eine ganz bestimmte Esche am Dorfrand zu schmeißen. Was sie damit zum Ausdruck bringen will, erschließt sich den meisten Leuten nicht. Vielleicht will sie gar nichts zum Ausdruck bringen, die Jugend, sondern einfach nur ihren Spaß haben. Jedenfalls wird ausgerechnet diese Esche vom Falschen Weißen Stängelbecherchen, einem aus Asien importierten Pilz, befallen. Die jungen Triebe sterben ab. René Bissegger, der neue Oberförster von Überkirchen, wird gerufen, sieht sich die Sache an und fackelt nicht lange. Die Straße wird abgesperrt, die Esche gefällt, zerlegt und zur Verbrennung verladen. Die Schuhe werden davor aus den Ästen entfernt und zur Belustigung der vielen Gaffer in Reih und Glied am Straßenrand aufgestellt. Dabei fallen dem Trüppchen vom Forstamt die Kampfstiefel von Res Seidelbast auf.

Die Polizei wird gerufen, welche von Anfang an einen unmotivierten Eindruck macht. Immerhin lässt Petra Hofstätter den bekennenden Schaufelschläger, Norbert Rosenkranz, antanzen, um ihn mit dem Fundstück zu konfrontieren.

Rosenkranz gibt zerknirscht zu, er habe die Stiefel mitgenommen, um »diesen Tropenkopf« in den Ringelsocken seiner Frau durch den Schnee heimlatschen zu lassen. Er habe die Schuhe allerdings auf dem Forstweg hingestellt, sodass er sie hätte finden müssen. Der Weg bis zum Försterhaus sei ihm doch etwas lang erschienen. Wie die Stiefel von dort auf den Schuhbaum gekommen seien, entziehe sich seiner Kenntnis. Ob das nun bei der Gerichtsverhandlung zu seinen Ungunsten ausgelegt werden könne, möchte Rosenkranz noch wissen.

Petra Hofstätter weiß es nicht. Aber sie hat auch nicht vor, die Angelegenheit unnötig kompliziert zu machen. Wenn sie etwas hasst, dann Papierkram. Sie bringt die Schuhe kurzerhand zur Witwe des Försters. Soll sie entscheiden, was damit geschehen soll.

Sie habe ihr da noch ein »Andenken«, sagt die Polizistin zu ihrer langjährigen Freundin Vroni, als sie ihr die verwitterten Stiefel in die Hand drückt. Nach einem kurzen Kaffee und einem Schwatz bleibt Vroni allein mit den Schuhen zurück.

Sie holt frische Erde und befüllt die Schuhe damit. In den linken Stiefel pflanzt sie Veilchen, in den rechten Hyazinthen. Sie stellt sie in ihren Garten vor die große Hortensie, welche diesen Sommer bestimmt wunderbar blühen wird.

Überhaupt wird es ein wunderschöner Sommer werden. Vroni zieht die Luft durch die Nase und meint, sie könne ihn schon fast riechen. Vor allem aber riecht sie noch was völlig anderes, das ihr Herz ganz froh macht: Den Duft der Freiheit.

Schaltjahre

Er ist zu früh dran. Setzt sich auf einen der beiden Klappstühle. Er möchte das Holz der Hütte an seinem Rücken spüren. Solange sie noch steht. Es braucht nun wirklich nicht mehr viel. Vor ihm der Klapptisch mit der Kerze, den Gläsern, den Brötchen und dem Käse. Der dritte Zug braust vorbei. Keine zehn Meter entfernt. Doppelspur. Dahinter die Autobahn. Abendverkehr. Die Geräuschkulisse erinnert an verrückt gewordene Wespen. Es riecht nach dem Abrieb von Pneus, Metall und Bremsklötzen, Abgasen. Aber auch nach Holz im Übergang zu Kompost. Das erste Mal, vor 56 Jahren, überlegt er, war es auch ein Donnerstag gewesen.

Was hatten sie getanzt! Wie die Lumpen am Stecken. Fasnacht im Schäfli. Sie ging als Hippie mit Halbmaske. Er selber war Old Shatterhand. Na ja, vielleicht eher Sam Hawkings. Jedenfalls hatte er den *Henrystutzen* umgehängt, bis er ihn am Ende liegenließ, weil er nur Augen, Ohren, Hände, Beine und Füße – das Herz, ja das Herz! – für sie hatte. Kurz vor Mitternacht, vor dem letzten Tanz und der Demaskierung, drückte sie ihm einen Kuss auf die Wange, einen Zettel in die Hand und machte einen Abgang wie Aschenputtel. *Steinbruch Tierget, Donnerstag, 19 Uhr* stand auf dem Zettel. Er folgte ihr nicht. Sein Pferd hatte er nicht dabei. Hatte eh keins, bloß einen Drahtesel, der hinter dem Elternhaus seiner Frau stand, die im Anbau darauf wartete, schwanger zu werden.

Es war das erste und einzige Mal, dass sie vor ihm am Treffpunkt gewesen war. Sie sprachen fast gar nicht, sondern deckten sich gleich mit Küssen ein. Dann nahm sie ihn an der Hand und führte ihn in eine der Holzhütten, wo schon eine Strickdecke auf dem Boden lag. Daneben eine Kerze, die später umkippte, aber das machte nichts, zumal ihre Körper und Seelen in Flammen standen.

»Anni«, sagte sie danach. »Ich heirate im Mai. Und du?«

»Paul, und bin schon verheiratet.«

Damit war alles gesagt. 1968. In Mels, St. Galler Oberland, und nicht etwa in Los Angeles. Sie brauchten noch nicht mal darüber nachzudenken. Keine gemeinsame Zukunft. Diesen Moment hatten sie dem Schicksal abgetrotzt.

»Ich muss gehen«, sagte sie.

»Wann sehen wir uns wieder?«, fragte er wider besseren Wissens.

»Nie.«

»Aber …«

»Nein.«

»Gibt es keine Möglichkeit?« Sie schwiegen. »Selbes Datum, selber Ort?« Pure Verzweiflung.

Sie stand auf und zog sich an, nachdem sie die Kerze wieder entfacht hatte. Er schaute ihr dabei zu und wünschte sich, dieser Moment möge nie enden.

»Selbes Datum, selber Ort«, sagte sie schließlich,

beugte sich zu ihm herunter, drückte ihm einen Kuss ins Haar und ging.

In seiner Fantasie reihte sich eine endlose Serie heimlich-herrlicher Liebesnächte aneinander, bis er verstand, dass ihm das Schicksal und Anni ein Schnippchen geschlagen hatten. Er würde nicht ein Jahr, sondern vier Jahre warten müssen. Ausgerechnet den 29. Februar hatten sie sich ausgesucht.

Paul rechnet nach, während er auf Anni wartet. Heute ist das exakt fünfzehnte Treffen. Alles zusammengezählt noch nicht mal 48 Stunden, zwei ganze Tage! Aber die reine Arithmetik zählt nicht. Ihre Begegnungen waren von solcher Tiefe, von solchem – verzweifeltem – Glück, dass er im Nachhinein nichts hätte ändern wollen. »Es ist, wie es ist« – Annis Leitspruch. Und nie die Zeit dazwischen vergessen! Sowohl glückselige Erinnerung als auch utopische Zukunftsfantasie, Wehmut und Vorfreude, stetes Heimweh, das ihm zum stillen Begleiter, fast zu einem Freund wurde. Seit 1970 ist er single. Erna wollte ihre Kinderlosigkeit nicht annehmen und suchte ihr Glück mit einem anderen. Sie fand es nicht.

So wie die vorbeifahrenden Autos und Züge ihr Äußeres veränderten, so erging es auch seiner heimlichen Liebe und ihm. Sie waren schnittiger geworden, Anni und er. Ab 2000 aber konnten sie nicht mehr mithalten. Unvermeidlich wurden sie zu Oldtimern, fielen aus der Form. Dellen und Beulen. Lackschäden auch. Sex trat in den Hintergrund, bis sie ganz damit aufhörten, weil die Hütte arg zerfiel und sie beide, wenn überhaupt, nur für Matratzensex zu haben gewesen wären. Ein einziges Mal hatten sie sich nicht im Steinbruch getroffen. Der 29. Februar 1992 war Fasnachtssamstag. Da wollten sie es sich nicht entgehen lassen, als Hippie und Old Shatterhand unerkannt die Nacht durchzutanzen.

Annis Mann starb 2019. Im Jahr darauf wollte sie nichts von einer Änderung wissen. »Es ist, wie es ist«, sagte sie. »Alle vier Jahre oder gar nicht. Du kennst die Abmachung.« Verändert war sie ihm erschienen. Nur schon, dass sie am Rollator ging. Fragil, zeitweise abwesend, ihre Bewegungen fahrig, ihr Blick unstet, bis er an der Hütte hängen blieb. Sie versuchte einen Scherz. Es erginge ihnen wie dieser Hütte, sagte sie. Alles schief und lose. Aber noch seien keine Bauteile abgefallen. Na ja, vielleicht ein paar Haare und Zähne. Da lachten sie, bis ihnen die Tränen kamen, sie sich bei den Händen fassten und endlich richtig weinten. Da verstand er, dass Anni es nicht zuließ, dass er sie zerfallen sah. »Es ist, wie es ist.« Aber wie lange noch?

In ihrer Tasche ging ein Alarm los. Nach langem Kramen hatte sie das Handy in der Hand, las etwas ab, murmelte, schüttelte den Kopf, dachte nach, las nochmal, bis sie endlich kapierte: »Tixi-Taxi!« Sie wurde so nervös, dass sie grußlos gehen wollte. Er hielt sie zurück und wollte sie begleiten. Aber sie sagte: »Geh! Stell dir vor, man sieht uns! Was denken auch die Leute!«

Da tätschelte er ihre Hand, die sich an den Griff des Rollators klammerte, streichelte ihr Haar und ihre Wange – küsste sie nicht – und ließ sie gehen.

Nun, vier Jahre später, sollte Anni längst da sein. Da hört er ein Auto, das auf das Areal des Steinbruchs fährt, und sein Herz macht einen Hüpfer. Türe auf, Türe zu. Schritte nähern sich. Für Anni viel zu flüssig. Als er die Gestalt ausmacht, meint er, durch die Zeit zu fallen. Er nimmt die Brille ab, reibt sich die Augen und setzt sie wieder auf. Als die Frau in den Schein der Kerze tritt, ist es Annis Gesicht, in das er blickt – das Gesicht von vor 20 Jahren. Sie nimmt auf dem freien Stuhl Platz und zieht die Jacke enger an den Körper.

»Du musst Paul sein«, sagt sie mit dieser Anni-Stimme. Dabei bildet sich eine Wolke über der Kerze. »Ich bin Paula. Die Tochter.« Er schweigt. »Meine Mutter kann nicht kommen.« Jetzt kann er nichts mehr sagen, selbst wenn er wollte. »Sie ist gestorben. Wollte aber partout nicht in die Zeitung.« Sie blicken schweigend über die Kerze in die Nacht, wo der nimmermüde Strom von Autos aus Pietätsgründen eine unerwartete Schweigeminute einlegt. »Als meine Mutter gemerkt hat«, erzählt Paula schließlich, »dass ihr die Erinnerungen abhandenkommen, hat sie alles aufgeschrieben. Vier Büchlein mit den Titeln: *Familie*, *Freunde*, *Ferien*, *Frei*. Sie hatte es irgendwie mit den Fs. Vielleicht von früher, vom Turnverein – »Frisch, Fromm, Fröhlich, Frei« – keine Ahnung. Sie hat täglich darin gelesen, bis es nicht mehr ging. Später bat sie mich, ihr Passagen vorzulesen. Ich kann sie auswendig. Dieses Büchlein hier …«, Paula zieht es aus der Jacke und hält es Paul hin, »hat sie mir erst kurz vor ihrem Tod in die Hand gedrückt. Für dich.«

Frei. Paul blättert im Schein der Kerze darin. Ganz zerfleddert ist es, mit unsicherer Schrift, aber doch zweifellos mit Annis Hand geschrieben. Es ist ihre verborgene Liebesgeschichte, die er da liest. Annis Pragmatismus geschuldet vielleicht nicht gar so romantisch, wie er sie aufgeschrieben hätte. Aber es ist alles da. Wie ist es möglich, dass man gleichzeitig so froh und doch so traurig sein kann? Er schließt das Büchlein, riecht daran, in der Hoffnung, einen Hauch von Anni wahrzunehmen. Aber da ist nichts, was ihn an sie erinnert.

»Wann ist sie gestorben?«, kann er endlich fragen.

»Am Neujahrsmorgen. Sie hat immer gesagt: ›Ich will in einem Schaltjahr sterben.‹ Sie hat's geschafft. Aber es war knapp.«

Paula muss auch Annis Humor abbekommen haben, sagt sich Paul, und dabei überläuft sein Herz.

»Meine Mutter hat immer viel Aufhebens gemacht um die Schaltjahre«, sagt Paula weiter. »Da fällt mir ein, ich bin ja auch in einem Schaltjahr zur Welt gekommen. 1968.« Kunstpause. »Erstaunlich, eigentlich, da meine Eltern erst im Mai geheiratet haben.« Noch eine. »Am 1. Dezember bin ich als Siebenmonatskind zur Welt gekommen.«

Paul denkt nach und sagt dann: »Oh.«

Wieder gucken sie den Autos zu und schweigen. Endlich fragt Paul seine Tochter: »Magst du in vier Jahren schauen kommen, ob es mich noch gibt?«

»Hm … Nehmen wir mal an, du wirst 100 und bleibst bei Trost – wie oft könnten wir uns noch treffen, um uns besser kennenzulernen?«, fragt sie zurück.

Ganz schön kess, denkt er.

»Viermal?«

»Meinst du, dass du 100 wirst?«

Die Paula hat es ganz schön drauf, die richtigen Fragen zu stellen!

»Kaum.«

»Also einmal noch? In vier Jahren?«

»Wäre schön.«

»Denkst du, das reicht?« Jetzt blickt ihn Paula direkt von der Seite her an.

»Eigentlich nicht«, sagt Paul und traut sich, ihr in die Augen zu schauen.

Sie klopft sich auf die Schenkel und steht auf. »Komm, ich bring dich nach Hause!«

Neun Monate später, am 1. Dezember 2024, Geburtstagsfest seiner Tochter am ersten Adventssonntag, fühlt sich Paul, als ob er durch eine mirakulöse Schwangerschaft eine Familie bekommen hätte. Unverhofft und – das ist der Wermutstropfen – im Geheimen. So der Deal mit Paula. Bis auf Weiteres. Sie macht die Bedingungen. Ganz die Mutter. Immerhin hat sie ihn als »Mutters Freund« in ihr großes Haus, das nur so pulsiert von Leben, zum Fest eingeladen. Nebst Freunden und Nachbarn ist die ganze Familie da. Paulas Mann, die drei erwachsenen Kinder der beiden mit Partnerin und Partnern. Die beiden Töchter haben über den Sommer je ein Baby mit komplizierten Namen bekommen. Vor neun Monaten war er noch nicht mal Vater gewesen. Nun war er sogar Urgroßvater. Was für ein Tempo! Was für ein Glück! Was für ein schlechtes Timing! Wie gerne hätte er die Kleinen in den Arm genommen. Aber er traut sich nicht. Außerdem hätte er ganz weit hinten anstehen müssen. Beim ersten »Piep« oder »Papp« wäre ihm das kleine Menschlein von einer wachsamen Mutter oder seiner Tochter, der Patrouille fliegenden Oberglucke, entrissen worden. Paul ist mit Weihnachten und Familie ganz unbeholfen. Aber es scheint ihm, als ob Paula die Adventskönigin persönlich sei. Ihr frohes Wesen leuchtet aus allen Ecken, ohne dass ihr perfekt dekoriertes Heim ansatzweise *bünzlig*, überladen oder beliebig wirkt. Hier will man bleiben. Das hat alles auf eine unbeschwerte Art Tiefgang.

Aber irgendwann ist es doch Zeit für ihn zu gehen. Paula begleitet ihn nach draußen, ein paar Schritte vom Haus weg. Dann bleibt sie stehen, fasst ihn am Oberarm und wendet sich ihm zu. Einen Augenblick lang denkt er, sie wolle ihm einen Abschiedskuss geben. »Es gibt ein fünftes Büchlein«, sagt sie indessen leise, »das zum Vorschein gekommen ist. Es wirft Fragen auf und …« Sie lässt seinen Arm los und drückt ihm eine Stofftasche in die Hand. »Irgendetwas sagt mir, dass du vielleicht die Antworten kennst.« Er will in die Tasche schauen, doch Paula hält ihn zurück. »Nicht jetzt. Nicht hier. Bring es mir bis Heiligabend zurück.« Er nickt und sie schiebt ihn sanft, aber bestimmt zur Straße hin. Er schlurft davon. »Geschenkverpackung nicht vergessen!«, ruft sie ihm nach.

In seiner kleinen Wohnung setzt er sich an den Küchentisch und nimmt das Büchlein aus der Tasche. Es trägt den Titel *Folgetag mit Folgen* – das Fünfte F also. Ein Doppel-F. Auf der ersten Seite ist ein vergilbter

Zeitungsbericht vom 3. März 1972 über einen Sprengunfall im Steinbruch Tiergarten eingeklebt und darin das Wort *Folgetag* mit einem roten Stift eingekreist. Er braucht den Text nicht zu lesen. Derselbe Ausschnitt liegt in seiner Schatzkiste, zusammen mit Annis Zettelchen, Briefchen und Andenken, die sie ihm an ihre Treffen mitgebracht hatte. Unter dem Bericht steht in Annis Handschrift: *Photographie? Zählen Phs auch als Fs? Egal!* Und natürlich kennt er die Antwort auf »Photographie?« Aber auch er hat Fragen. Hat sie es gewusst, zum Beispiel? Und welchen Folgetag hat sie gemeint? Der Titel des Büchleins lässt den Schluss zu, dass sie den 1. März als Folgetag gesehen hat, oder nicht? Wieso hat sie nie etwas gesagt? Ihn nie gefragt? Aber er meint die Antwort zu kennen. »Es ist, wie es ist«.

Der 29. Februar 1972, ein Dienstag, war ihr erster Jahrestag, obwohl doch schon vier endlose Jahre vorüber waren. Dann aber war es, als ob die Zeit stehengeblieben wäre. Jede Minute mit Anni pures Glück. Der Abschied tränenreich. Die Leere danach ein Vakuum, das ihn zu zerreißen drohte. Also fuhr er am Folgetag nachts mit dem Fahrrad hin. In der verzweifelten Hoffnung, in der Hütte irgendwas von ihr, oder womöglich von sich selbst, zu finden. Denn er hatte sich verloren. Was auch immer er gesucht hatte, er fand es nicht. Doch da näherte sich ein Fahrzeug und dann Schritte. Er machte seine Taschenlampe aus und spähte durch die Ritzen der Holzwand. Jemand ging an der Hütte vorbei zu einem anderen Gebäude. Plötzlich Flutlicht, das hereindrang. Aber er konnte nichts erkennen. Wurde da gearbeitet?

Um diese Zeit? Was, wenn jemand in die Hütte kam und ihn erwischte? Wieder Schritte. Er drückte sich an die Wand neben der Türe. Falls jemand reinkam, würde er den Überraschungsmoment nutzen und losrennen. Doch wieder ging der Mann vorbei und machte sich irgendwo im Steinbruch zu schaffen. Ob er es riskieren sollte? Er griff schon nach der Türe, spannte seinen Körper, als er den anderen schreien hörte: »Scheiße!« Ein paar hastige Schritte und dann KRAWUMM! Die Hütte bekam einen Schlag, von dem sie sich nie mehr erholen sollte, und der ihr die Richtung vorgab, in die sie sich jahrzehntelang ihrem Schicksal entgegen neigen würde. Obwohl die Hütte das meiste abgefangen hatte, war ihm, als hätte ihm jemand mit einem Hammer auf die Brust geschlagen. Die Stille, die folgte, fühlte sich ohrenbetäubend an. Was wohl daran lag, dass seine Ohren sausten. Oder war da doch etwas? Ein Röcheln vielleicht? Ein Stöhnen? Ein Zug fuhr vorbei und übertönte alles. Das war seine Chance abzuhauen. Also öffnete er die Türe, schlich sich zum Ende der Hütte und spähte um die Ecke in den Steinbruch, wo alles hell erleuchtet war. Nebliger Staub hing in der Luft. Niemand zu sehen. Er beschloss, einen Sprint zu wagen. Aber da! Doch eine Bewegung. Er zögerte. Der Zug ratterte durch die Nacht davon, und in der sich ausbreitenden Stille war auch das Stöhnen wieder zu hören. Da musste etwas passiert sein. Zweifellos. Müsste mal eben jemand nachschauen, dachte er. Sich einen Überblick verschaffen. Erste Hilfe leisten. Er blickte sich um, aber da war natürlich niemand, an den er die Verantwortung hätte abgeben können. Gab es eine Möglichkeit, sich dem hier zu entziehen? Der absurde Gedanke kam ihm, dass es schön blöd gewesen wäre, wenn es am Vortag hier gerumst hätte und dass er, beziehungsweise sie beide, unglaubliches Schwein gehabt hatten. Eigentlich. Und das gab dann wohl den Ausschlag. Zögernd ging er näher. Da lag ein Körper unter Geröll. Röchelnd. Er ging noch näher ran. Idiotisch, sich so anzuschleichen, wo doch der Mann am Boden offensichtlich keine Gefahr darstellte. Oder? Endlich sah er dessen Gesicht. Die Augen waren geschlossen und es war rötlich eingepudert, was aber nicht vom Blut kam, das aus zahlreichen Wunden drückte. Der ganze Körper war mit den rötlich-violetten Steinen bedeckt, die hier abgebaut wurden. Er schob sie weg, ohne zu überlegen. Was zum Vorschein kam, gefiel ihm nicht. Er griff in warmes, klebriges Blut, das die Kleider tränkte und aus einem Körper kam, der wie eine leblose Puppe wirkte. Er stand auf und wusste nicht, was tun. Bis er Hilfe rufen könnte, am ehesten von der Telefonzelle beim Bahnhof aus – 2 Kilometer entfernt! –, und bis die Hilfe dann endlich eintreffen würde, wäre es vermutlich zu spät. Als er den Mann abtastete, erspürte er die Zündschlüssel in dessen Hosentasche. Er nahm sie an sich, packte den Bewusstlosen so, wie er es im Militär gelernt hatte – unter den Schultern bei den verschränkten Armen –, und schleifte ihn zum Auto. Irgendwie schaffte er es, ihn auf die Rückbank des dunkelgrünen Käfers zu hieven, obwohl das blöde Ding nur zwei Türen hatte. Der schnellste Weg ins Spital war auf dem schmalen Dammweg der Seez. Als er endlich den vierten Gang reinhauen konnte und die Nadel über 80 ging, fühlte es sich in der Dunkelheit an, als ob er auf einem schmalen

Steg durch den Himmel brauste. Eine falsche Bewegung und Abflug. Bei der Kapelle erreichte er endlich die normale Straße, welche ihn durch die Dörfer nach Walenstadt führte. Schlitternd brachte er den Käfer vor dem Kantonsspital zum Stehen. Den Motor ließ er laufen, die Lichter an, rannte zur Pforte, suchte die Klingel, fand sie und läutete Sturm. Endlich kam jemand und er rief: »Da, im Auto! Schnell!«

Die Nachtschwester eilte mit ihm zum Fahrzeug, schaute hinein und riss die Augen auf. »Ich bin gleich wieder da. Bleiben Sie bei ihm!«

Also klappte er den Fahrersitz nach vorn und zwängte sich rein, um zu schauen, ob der Verletzte überhaupt noch lebte. Er nahm seine Hand, versuchte, Puls zu fühlen. Aber das hatte er noch nie gekonnt und so war er sich nicht sicher, ob er einfach zu dilettantisch war oder der andere zu tot. Doch plötzlich regte sich der Mann, stöhnte, die Augen flitzten hin und her. Er versuchte den Kopf zu heben. Schien etwas sagen zu wollen. Es klang wie »Anni«, aber das musste Einbildung sein, wo ihm doch selber Tag und Nacht eben dieser Name nicht aus dem Kopf ging. Aber da, nochmal, »Anni.« Hände griffen nach ihm und zogen ihn aus der Tür des Käfers. Und wie er da sozusagen abgestellt wurde, fiel die ganze Verantwortung, diese erdrückende Last, von ihm. Alles an ihm zitterte und er stand wieder im Weg, als sie mit der Liege anrollten. Er trat zurück, bis er mit dem Absatz in einem Rosenbeet versank, beinahe hinfiel, sich mit einem Sprung rettete und aus dem Licht geriet. Die Szenerie kam ihm unwirklich vor, fast wie im Theater, in dem er zum Zuschauer wurde.

*Denn die einen sind im Dunkeln
Und die andern sind im Licht.
Und man siehet die im Lichte
Die im Dunkeln sieht man nicht.*
Berthold Brecht, 1928

Wenn es nach ihm ginge, würde er Zuschauer bleiben. Zumal er nicht wissen konnte, ob es der arme Kerl schaffen würde oder nicht. Hatte er etwas falsch gemacht? Würde man ihn zur Verantwortung ziehen? Zu viert zogen sie den Verletzten aus dem Wagen, legten ihn auf die Liege und rauschten ab. Der grüne Käfer blieb zurück, glotzte mit seinen runden Lichtern einfältig in die Nacht und knatterte mit diesem typischen »Tackatackatackatacka« vor sich hin. Die Tür war immer noch offen. Eine unmissverständliche Botschaft. Er seufzte, trat aus dem Rosenbeet und heran an das Fahrzeug, klappte den Sitz nach hinten – da war alles voller Blut auf der Rückbank –, setzte sich hinters Steuer und lenkte den vw auf einen Parkplatz, wo er Motor und Licht ausmachte, den Schlüssel abzog. »Anni«, hatte der Mann gesagt. »Anni.« Er machte die Innenbeleuchtung an. Einer Eingebung folgend schloss er das Handschuhfach auf. Da war der Führerschein! Mit zitternder Hand fischte er ihn heraus. Unter dem Ausweis kam eine Schwarzweißfotografie zum Vorschein. Anni!

Die Erkenntnis traf ihn wie eine zweite Detonation. Das war Annis Mann, dem er eben das Leben gerettet hatte – was noch nicht ganz sicher war. Zumindest hatte er es versucht. Er hätte den Verletzten einfach liegenlassen können, oder? Dann wäre Hans, dessen Name er dann doch noch im Ausweis prüfte, erst am nächsten Tag gefunden worden. Ein paar Tage später wäre die Beerdigung gewesen und nach dem Trauerjahr wäre Anni endlich die Seine geworden. Als Witwe hätte sie sogar wieder richtig heiraten können. Ende gut, alles gut. Bloß, dass es nicht so war. Und er fühlte sich allein schon beim Gedanken, Annis Mann seinem Schicksal überlassen zu haben, schuldig. Schicksal! Welcher zynische, Steine werfende Gott hatte sich das ausgedacht?

Er legte den Führerschein zurück ins Fach. Annis Foto steckte er ein. Er stieg aus, schloss ab und legte den Schlüssel auf das linke Vorderrad. Die zehn Kilometer zum Steinbruch legte er zu Fuß zurück. Sein Fahrrad lag noch im Gestrüpp. Im Steinbruch war noch immer das Flutlicht an. Schnell pedalte er fort.

Am 3. März las er in der Zeitung, dass Hans es geschafft hatte. Da fand er zum ersten Mal für ein paar Stunden Schlaf. Wie er später erfuhr, hatte Hans keine bleibenden Schäden davongetragen, jedoch seine Stelle im Steinbruch verloren. Offenbar, so wurde erzählt, sei das seine erste und letzte Sprengung gewesen. Er hätte noch etwas für den nächsten Tag vorbereiten wollen, habe dann aber wohl was falsch gemacht. Ja, mit Sprengladungen sei eben nicht zu spaßen. Dass da grad einer in der Nähe gewesen war, um ihm zu helfen? Glück im Unglück! Ein Riesenschwein! Lottosechser! Wer das wohl gewesen sei?

Und jetzt, über ein halbes Jahrhundert später, sitzt Paul am Küchentisch und überlegt, was er tun soll. Paula will eine Antwort. Von ihm. Weil auch sie sich fragt, warum ihre Mutter das Wort »Folgetag« markierte und was das mit ihm zu tun habe. Was soll er ihr sagen? Dass Ursache und Wirkung, Schuld und Sühne, Glück und Unglück, Schicksal und Fügung in jener Nacht einen Kurzschluss verursacht hatten? Dass er ihren Vater in seiner Fantasie tausendmal hatte sterben lassen, um dessen Platz einzunehmen? Ihn aber in Tat und Wahrheit gar nicht gekannt hatte, nichts gewusst hatte von den Zusammenhängen – dass Anni ein Kind hatte, zum Beispiel, oder dass ihr Mann im Steinbruch gearbeitet hatte? Oder sollte er ihr sagen, dass er keine Ahnung habe, was sie meinte, nicht den blassesten Schimmer und wie sie überhaupt darauf komme, von ihm eine Antwort zu erwarten? Und er verstehe die Frage sowieso nicht: Photographie, mit Doppel-Ph? Pff? Bahnhof!

Immer wieder unternimmt Paul Schreibversuche. Täglich wandert ein weiterer Stoß Papier in den Ofen. Advent, Advent, der Schreibblock brennt. Es geht ja nicht bloß um die Vergangenheit – er hat, weiß Gott, genug Zeit gehabt, sich mit ihr zu arrangieren. Es geht um das Bisschen Zukunft, das ihm noch bleibt. Vielleicht. Mit so was wie Familie. Eventuell. Sofern Paula mit seiner Antwort zufrieden sein wird. Unwahrscheinlich.

Als er am 24. Dezember noch immer nichts in Annis Büchlein geschrieben hat, besucht er zum ersten Mal seit Jahren eine Messe – den Familiengottesdienst vor der Bescherung. In der einbrechenden Dunkelheit geht er danach über den Friedhof, sucht ein Grab und findet es, weil auch Gräber chronologisch sortiert sind. Der eine Name auf dem Holzkreuz ist schon etwas verwittert, der andere frischer, wenngleich schon bald ein Jahr alt. Eine Weile bleibt er stehen, betet nicht, weiß am Ende aber doch, was zu tun ist.

Zurück in seiner Wohnung sucht er die Schatzkiste mit den Erinnerungen, findet den Zeitungsausschnitt vom 3. März 1972, geht in sein Schlafzimmer und nimmt das Foto, das auf dem Nachttisch steht, aus dem Rahmen. Beides bringt er zum Küchentisch. Er klebt den Ausschnitt und Annis Bild – von dem er sich nur ungern trennt – auf die nächste freie Seite und schreibt darunter: *Es ist, wie es ist.*

Dann packt er das Büchlein unbeholfen in Geschenkpapier, legt alles in die Stofftasche und macht sich auf den Weg. Mit einem tiefen Seufzer legt er die Tasche ins Milchkästli und riskiert einen Blick zu den Fenstern, aus denen weihnachtlicher Glanz strahlt. »Komm rein!«, scheint das Haus zu rufen. Er ignoriert es und geht nach Hause. Sein Heim fühlt sich leer an. Er versucht es mit Musik zu füllen, dem Duft nach Gekochtem. Schafft es nicht ganz und hilft mit seinem Lieblings-Bordeaux nach, von dem er ausschließlich Jahrgänge anschafft, die durch vier teilbar sind.

Als er mit dem Abwasch fertig ist, bimmelt und vibriert sein Handy, das auf dem Küchentisch liegt. Eine SMS von einer Nummer, die er auswendig kennt:

Morgen gibt's Truthahn bei uns. Du kommst doch auch, oder? 19 Uhr. Sei pünktlich! Paula.

Natascha

Sein Blick folgte der Kugel, die über den Boden der S-Bahn auf ihn zurollte. Die Kugel stieß an seine Schuhe, prallte in einem stumpfen Winkel ab und verschwand unter den Sitzen. Dann schaute er auf seine Schnürsenkel. Immer den Blick senken! Nicht auffallen! Um keinen Preis! Die Schnürsenkel waren mit einem Dreifachknoten gebunden. Wegen der Überlänge. Sie würden es nicht mehr lange machen. Er musste unbedingt neue besorgen. Für alle Fälle. In einem Agentenfilm hatte er gesehen, wie einer damit zwei Männer umbrachte, dann aus den Bändeln eine Steighilfe herstellte und übers Dach abhaute. Im Termin- und Organisationsplaner – ein Filofax, wie in seinem gleichnamigen Lieblingsfilm – fügte er der bestehenden Liste in Spiegelschrift *Schnürsenkel* hinzu. Wie die Schnürsenkel gehörte auch der Planer zu seiner Standard-Ausrüstung als schlafender Geheimagent. Er wusste genau, dass er sich mit dem Filofax jederzeit an einem schräg gespannten Stahlseil durch ein Fenster in Sicherheit bringen konnte. Klammern öffnen, Inhalt wegschmeißen, Klammern ums Seil, an der Lederhülle festhalten, durch die Luft sausen, zurückschauen und die langen Gesichter der Verfolger genießen. James Belushi himself hatte bewiesen, dass es funktionieren konnte. Morgen würde er sich die Dinge auf der Liste endlich besorgen. Das war beschlossene Sache. Die im Büro hatten ja keine Ahnung, lachten ihn wegen seines »analogen Steinzeitplaners« aus. Häme und Spott. Spott und Häme. Die tägliche bittere Medizin, die sie ihm zu schlucken gaben. Sein langjähriges Singleleben, zum Beispiel, war ebenfalls ein unerschöpfliches Thema. Oder seine abgeschossenen Kleider. Was konnte er dafür, dass Beige die Lieblingsfarbe seiner Mutter war? Am meisten hasste er Silke, die im Vorbeigehen hinter seinem Rücken herabwürdigende Gesten machte. Ihre Obszönitäten entgingen ihm nicht. Er verfolgte ihr Spiegelbild auf seinem Bildschirm, verpasste sie nur, wenn er abgelenkt war, sein Blick durch den Bildschirm hindurchging, er in seinen Kopf lauschte. Dumm war, dass er manchmal die Kontrolle verlor und mit seiner anderen Stimme Dinge sagte wie »Do swidánija, Towarischtsch!«. Ja, dafür lachten sie ihn natürlich auch aus. Er sah darüber hinweg, um seine Tarnung nicht zu gefährden. Ungeduldig fieberte er seiner Erweckung entgegen, jenem Tag, an dem das Verstecken ein Ende hatte. Dann würde er ihnen die Rechnung präsentieren, sie bezahlen lassen. In seinem Kopf waren Kampftechniken programmiert, von denen noch nicht mal Bruce Lee etwas gewusst hatte. Sollte er die auspacken, könnten die anderen einpacken. Am meisten Silke. Einsilken und einsilchen würde er die. Mit einem ihrer beknackten Seidenschals, die sie manchmal über seinen Kopf gleiten ließ. Wenn er das Charles-Bronson-Gesicht übte und deswegen nicht auf der Hut war.

»Meine Haut ist samtig wie Seide. Silky-Silke. Möchtest du mal fühlen?«, hauchte sie ihm dabei ins Ohr. Ihr fünf

Tonnen schweres Parfüm drückte ihn in den Bürosessel. Beim H von »Haut« pustete sie ihm den Atem ins Ohr, was ihn ganz kirre machte. Die vielen stimmhaften S der Deutschen, dermaßen nahe an seinem empfindlichen Gehör, brachten seinen Körper zum Vibrieren. Sofort schoss ihm das Blut in die Genitalien. Was ihr natürlich nicht entging. Mit einem Blick in den Schritt seiner beigen Cordhose sagte sie mit dieser mitleidigen Mamistimme: »Oooo-ooh! Jetzt hab ich Lust auf einen Latte Macchiato. Du auch?« Dabei leckte sie sich den imaginären Schaum von den Lippen. Nun gar nicht mehr Mami, sondern Männer verzehrender Vamp. Dann schnalzte sie ihm direkt ins Ohr, ließ von ihm ab und blieb im Türrahmen stehen, rieb das eine Knie am Pfosten, leckte nochmal die Lippen, schnupperte am Seidenschal wie eine Hündin und formte mit den Lippen das Wort »Kopierraum«. Und dann kam das Lachen. Sie blähte ihre Nüstern, warf die Haare nach hinten, drehte sich um und entfernte sich mit diesen Wiegehüften, welche alle heterosexuellen Männer und vermutlich auch die Lesbe von der Spedition um den Verstand brachten.

Er würde ihr sowas von das Maul stopfen. Mit dem Seidenschal. Und 500 Meter Silch drumrum. Eingesilchte Silky-Silke, verdammte Kuh!

Er kontrollierte nochmal die Liste. Na ja, Spiegelschrift war vielleicht nicht sicher genug. Steno wäre eine Alternative. Das beherrschten die wenigsten. Er auch nicht. Eventuell könnte er den Caesar-Code anwenden. Immer wachsam sein, aber ja nicht auffallen, belanglos wirken, in der Masse verschwinden, mit dem Hintergrund verschmelzen, das war das A und O eines Agenten. Ja, er war ein »Schläfer«! Er wusste das, obschon er es gar nicht wissen durfte. Was für ein Glück, dass er an die richtige Therapeutin geraten war! Sitzung um Sitzung, Schale um Schale, Schicht um Schicht hatte sie ihn an den Ursprung geführt. Dann konnte er sich endlich erinnern. An die Gedankenprogrammierung und an jenen Raum – das scheinbar beruhigende und zu Tarnfarben passende Olivegrün auf Decke, Wänden und Boden, in Kombination mit dem PVC-Orange der Türen und Schränke. Aus der Produktion der weltumspannenden Gehirnwäscher. Eingesetzt in Schweizer Zivilschutzanlagen während des sogenannten Kalten Kriegs – dass er nicht lachte! –, aber natürlich auch in der DDR und in Russland und dem ganzen Ostblock sowieso.

Er sah diesen Raum förmlich vor sich. Den Tisch mit den Gurten. Die Strahllampen an der Decke. Den Wagen aus Chromstahl mit den Instrumenten, den Spritzen und Kanülen. Den Ständer mit den Infusionen. Die Männer mit den Taucherbrillen. Weißkittel. Schwarze Krawatten. Das Lüftungsgitter. Und dann der Geruch! Er hatte sich tief eingebrannt in sein Hirn. Nach überhaupt rein gar nichts hatte es gerochen. Absolut trockene, klinisch reine Luft, die in den Lungen brannte. Ekelhaft.

Nur an ein Detail kam er einfach nicht heran. Das Wichtigste. Das aktivierende Element. Er war sich beinahe sicher, dass es ein akustisches Signal sein musste. Und es machte ihn wahnsinnig, dass er nicht dahinterkam, was es war. Auch seine Therapeutin hatte es in zahllosen Sitzungen nicht geschafft, diese »letzte Barriere«, wie sie es nannte, zu durchdringen, um den eigentlichen Auftrag, die Programmierung, offenzulegen und den »Gedankencode« zu löschen. Er müsse sich das wie einen Computervirus vorstellen, hatte sie ihm erklärt, einen Trojaner, einen Wurm, der sich in seinem Gehirn festgesetzt hatte und nur darauf wartete, das absolut tödliche Programm zu starten. In unzähligen Sitzungen, über Jahre hinweg, hatte sie ihn herangeführt an die verborgene Erinnerung. Das war jeden einzelnen der vielen tausend Franken wert – die Krankenkasse hatte natürlich die Behandlungskosten aus fadenscheinigen Gründen abgelehnt.

Es war auf einer Russlandreise geschehen, kurz vor dem Fall des Eisernen Vorhangs. In diesem Café beim Roten Platz, als er die Toiletten suchte und es plötzlich dunkel wurde. Ihn die Männer vom KGB in die unterirdischen Systeme verschleppten. Wochenlang hatten sie ihn einer Gehirnwäsche unterzogen. Bis sie endlich damit aufhörten, weil sie mit ihm fertig waren. Ab dann war er ein Maulwurf, ein sogenannter »Schläfer«, der auf seine Erweckung wartete. Ohne es zu wissen. Eigentlich.

Jahrzehntelang hatte er in völliger Ahnungslosigkeit gelebt, aber immer mit diesem unguten, diffusen Gefühl, das erst seine Therapeutin greifbar und erklärbar machte. Schon auf der Rückreise aus Russland hatte er gespürt, dass etwas in seinem Kopf nicht stimmte. Er war sogar zum Arzt gegangen deswegen. Grippaler Infekt war die

Diagnose. Aber rückblickend wunderte ihn das nicht. Zum internationalen Verschwörungsnetz gehörten nicht nur die Krankenkassen, sondern auch die Ärzte.

Durch die Traumatherapie waren die geistigen Barrieren schwächer geworden. Da war etwas in seinem Blick, wenn er in den Spiegel schaute, etwas, das die Kampfmaschine durchschimmern ließ, dieses tödliche und präzise Tötungsinstrument, das sie aus ihm gemacht hatten. Jederzeit rechnete er mit dem auslösenden Signal. Dann würde er Gewissheit haben – über sich und seinen Auftrag, bei dem er endlich seine Partnerin kennenlernen würde. Hoffentlich hieß sie Natascha!

Die Kugel rollte wieder vorbei. Sie war weiß und irgendein Bildchen klebte darauf. Es musste tatsächlich ein Kaugummi sein, einer aus dem Glasautomaten, aus der Kategorie »Unerreichbares« – seine Mutter hatte einen Bann über alles gesprochen, das Vergnügen bereitete. Nun, da er darüber nachdachte: Der würde er auch bald einmal das Maul stopfen. Mit Kaugummi. Jawoll! 30 vorgekaute Bazookas müssten reichen. Rein ins böse Maul, Klebeband drauf und fertig. Beim nächsten Mal wollte er die Kugel stoppen und unter die Lupe nehmen. Mittlerweile zweifelte er an der Kaugummi-Erklärung. Womöglich war die Kugel inwendig hohl, eine Wanze des Schweizer Geheimdienstes. Oder ein Dispenser, der Viren streute. Damit die Leute noch kränker wurden. Die Angst, von anderen angesteckt zu werden, noch größer. Die Bereitschaft, sich mit Chips verseuchte Impfstoffe injizieren zu lassen, weiter anstieg. Doch die Pendler machten ihm einen Strich durch die Rechnung.

Sie standen schon in dichter Kolonne vor dem Ausstieg. Warten, bis alle draussen waren, konnte er nicht. Dann würde er den Anschlusszug verpassen. Er quetschte sich in die Kolonne und verließ den Zug, wechselte in jenen, der ihn zu seinem Arbeitsort brachte, dem Großraumbüro, das er an diesem Abend nicht wie üblich um 17 Uhr würde verlassen können. Obligatorische Weihnachtsfeier. Wenigstens war danach für zwei Wochen Ruhe.

Karneval wäre die richtige Bezeichnung für dieses Treiben, das immer am Freitag vor Heiligabend stattfand, organisiert vom Teutonentrüppchen rund um Silke. Sein Blick schweifte über das dilettantisch dekorierte Großraumbüro: Papierschlangen. Farbige Girlanden. Blinklichter am Fake-Bäumchen, das in einem beknackten Schirmständer auf dem Pult der Abteilungsleiterin stand. Sektgläser aus Plastik. Häppchen und billiges Gesöff. Würg! Ho-ho-ho-Puppen. Glitzerkram. Alles einfach zum Kotzen. Und dieser Geruch nach Schweiß, der aus Kunstfaserkleidern und Sakkos dünstete, erfolglos kaschiert von Winter-Parfüms und 72-Stunden-Deos, die allesamt ihren Dienst versagten. Unhygienisches Proleten-Pack! Dazu dieses Zimt-Rotwein-Gemisch. Glühwein. Würg! Doppelwürg! Warum nur musste man in überheizten Büroräumen heißen Fusel in sich schütten? Bis zum Kontrollverlust. Dumpfdödelhafte Kack-Kanaillen! Verdammte Primatenbande! Er selber trank ja nie. Konnte er sich als schlafender Agent nicht leisten. Wenn schon, dann geschüttelten, ungerührten Martini à la 007. Aber das gab es hier nicht. Als ob das

Gackern der Arbeitshennen und das Wiehern der Bürohengste nicht genug wäre, plärrte ein abgelutschter Weihnachtssong nach dem anderen aus einer miserabel eingestellten Partybox. Die Gaby war wie immer für die Playlist verantwortlich. Was konnte man da schon erwarten? Ohrenkrebs!

Er prüfte, ob Silke hinter ihm stand. Doch sie war weder zu sehen noch – halleluja! – zu hören noch zu riechen. Vermutlich war »Didi« oder »Nörbi« oder »Larsi« bereits besoffen genug, um es ihr im Kopierraum zu besorgen. Ihm sollte es recht sein. Spätestens ab 20 Uhr würde sie sich im Damenklo mit diesem weißen Pulver den letzten Rest Verstand aus dem Hirn blasen. Oh, wie gerne würde er sie in der WC-Schüssel ertränken! Er bekam ganz feuchte Hände, wenn er daran dachte, wie sie zappeln würde. Das wäre sein Daniel-Craig-Moment, wenn er endlich den James Bond herauslassen könnte. Aber, wie er seine Gedanken-Programmierer einschätzte, hatten die aus ihm eher einen Ivan Drago gemacht, die eiskalte Kampfmaschine, welcher selbst Rocky Balboa nichts entgegenzusetzen hatte. Bis zu seiner Erweckung musste er aber sowieso stillhalten.

Die Musik wurde plötzlich gestoppt. Die Abteilungsleiterin ergriff das Wort, besser gesagt das Mikrofon, und setzte zu ihrer Weihnachtsansprache an. Er kannte sie in- und auswendig. Immer erst ein Zitat, um sich gebildet erscheinen zu lassen. Eins von Henry Ford oder noch besser von John F. Kennedy oder, um die Frauenquote zu erfüllen, eins von Marie Curie oder Astrid

Lindgren. Irgendein moralistischer Bullshit halt, um der Belegschaft das Dasein als Arbeitssklaven schmackhaft zu machen. Dann den Schlafschafen Worthülsen um die Ohren klatschen: »Teamgeist … Pflichtbewusstsein … Kundenfreundlichkeit … Work-Life-Balance … Menschliche Werte … Gewinnmaximierung … Überstunden … wohlverdienter Urlaub … Batterien aufladen … Zeit für Familie und Freunde …« Und dann ein Flachwitz. Irgendwas über den Glauben von Gänsen an das Leben nach Weihnachten oder Mantafahrern und ihrem Verhältnis zu Tannenbäumchen. Zum Schluss die Vorstellung der neuen Mitarbeiterin, die sich erstaunlich selbstbewusst neben die Abteilungsleiterin stellte. Er hatte ein ganz mieses Gefühl dabei. »Das ist Olga. Olga Petrova. Unsere neue Kraft aus dem Osten. Sie ist für die Korrespondenz mit slawischstämmigen Kundinnen und Kunden zuständig. Herzlich willkommen, liebe Olga.« Applaus, Applaus! Und dann, eine alte Tradition, die Überleitung zum Massenbesäufnis: »Und, Olga, welches Weihnachtslied hast du dir von unserer lieben Gaby gewünscht?«

Olgas Stimme löste bei ihm augenblickliches Unwohlsein aus. Wobei »Unwohlsein« stark untertrieben war. Es war das Gefühl, splitterfasernackt an einem Seil in der Eigernordwand zu hängen.

»Habe ich mir gewünscht das alte Lied aus meiner Kindheit, ›В лесу родилась ёлочка‹, was so viel heißt wie ›Ein Tannenbäumchen wurde im Wald geboren‹«, sagte sie mit diesem russischen Akzent, den man aus Film und TV kannte.

Nun säbelte jemand mit gezacktem Messer am Seil. Sie fuhr fort: »Mir gefällt vor allem die Strophe, wo heißt:

Der Frost überzog es mit Schnee
Pass auf, friere nicht!
Der Frost überzog es mit Schnee
Pass auf, friere nicht!
Мороз снежком укутывал
Смотри, не замерзай!«

Damit prostete sie der Meute mit ihrem Wodkaglas zu: »Und, wie Genosse Gagarin vor seinem berühmten Raumflug sagte: Pojechali!«

Hatte sie tatsächlich »Genosse« gesagt, ohne dass jemand die Gedankenpolizei rief? Aber nun war alles egal. Denn er befand sich im freien Fall. Das waren die Schlüsselwörter! Er wusste es, bevor sie, auf Russisch gesungen von einem Kinderchor, aus der Partybox dröhnten. Als die Stelle mit dem Frieren wiederholt wurde, fügte sich alles zusammen. Die Bausteine fielen an ihren Platz. Das Programm war aktiviert worden. Der Schläfer erwachte.

Wie in Trance holte er seinen Mantel, nahm seine Tasche und ging. Es hatte keinen Sinn, sich zu verabschieden, und es würde eh niemand merken, dass er nicht mehr da war. Außerdem war er nun praktisch unsichtbar. Der Mann ohne Gesicht, der sofort vergessen wurde. Der noch nicht mal wahrgenommen wurde. Auf dem Weg zum Bahnhof nicht. Im Zug nicht. Beim Umsteigen am Hauptbahnhof nicht, wo die Leute zum nächsten Zug hetzten oder zum Ausgang oder zu diesem unsäglichen Weihnachtsmarkt aus Bretterbuden, wo sich alternde Singles nach dem fünften *Shöttli* gegenseitig die Zungen in den Hals steckten. Aber er durfte sich nicht ablenken lassen. Noch immer kannte er seine Mission nicht. Die tödliche.

Vielleicht sollte er seine Therapeutin anrufen. »Jederzeit«, hatte sie gesagt, »wann immer Sie die letzte Barriere überwunden haben, zögern Sie nicht, mich anzurufen!« Es war ein Risiko. Das war ihm bewusst. Es könnte seine Mission gefährden. Gleichzeitig war da die starke Bindung und letztlich die Verpflichtung, die er als Patient eingegangen war. Das Vertrauensverhältnis zwischen Patient und Therapeutin stand auf dem Spiel. Also rief er sie an.

Sie meldete sich praktisch sofort, hatte dann aber doch keine Zeit für ihn. Bevor er ihr von seiner Erweckung erzählen konnte, klemmte sie ihn ab, und plapperte, scheinbar ohne Atem zu holen: Sie sei gerade an diesem Kongress in Deutschland. Die Dozentin sei eine Koryphäe auf dem Gebiet der Traumatherapie. Eine Ikone. Diese Frau! Irre spannend! Da gingen einem die Augen auf. Rituelle Gewalt sei das Stichwort. Rituelle, sexualisierte Gewalt, um präzise zu sein. Rituelle, sexualisierte, satanistische Gewalt, um noch genauer zu sein. »Satanic Panic!« Sie hoffe, er wisse, wovon sie spräche. Das sei vielleicht ein Ding. »Mind-Control!« Wahnsinn! Indessen sei sie zu fast 1'000 Prozent sicher, dass auch bei ihm hinter der Gehirnprogrammierung durch die Geheimagenten eigentlich ein satanistischer

Kult stecke. Das würden sie dann mit Sicherheit in den nächsten Sitzungen zusammen anschauen. Da hätten sich nun ganz neue Ansätze ergeben. Er würde schon sehen. Da würde dann auch diese sexuelle Fixierung auf parfümierte Seidenschals endlich Sinn ergeben. Nun, da sie darüber nachdenke, sei ja nicht ganz auszuschließen, dass dieses Buch, das er in seiner Jugend gelesen hatte, dieses Buch von Federica de …

Alles dröhnte in seinem Kopf. Wie ein Schlafwandler ging er durch die Bahnhofshalle, bis ihm jemand auf die Schulter tippte:
»Entschuldigung, Ihnen ist da das Handy aus der Hand gefallen.«
Mechanisch nahm er es entgegen, fand keine Worte des Dankes, sondern ging einfach weiter und hielt es sich wieder ans Ohr. Er hörte nichts als ein Rauschen. Als er schon aufhängen wollte, sprach eine Männerstimme einen einzigen Satz:
»Identifizieren Sie sich!«
Dann wieder Rauschen.
»Was ist mein Auftrag?«, fragte er. Eine Antwort erhielt er nicht. Er fragte ein zweites Mal, lauter. Ein Anflug von Verzweiflung machte sich in ihm breit. Er drückte auf dem Display herum, nur um gleich wieder zu lauschen.
Da! Wieder das Rauschen.
»Meldet euch! Ich brauche meinen Auftrag!«, brüllte er nun. Da fielen ihm die Codewörter ein, die er in Spiegelschrift in sein Filofax geschrieben hatte. Natürlich! Er musste sich nicht nur identifizieren, sondern auch legiti-

mieren, bevor sein Vertrauensmann ihn auf die Mission schickte. Er zerrte den Planer aus seiner Tasche und blätterte hektisch. Das Phone klemmte er sich mit der rechten Schulter ans Ohr.

»Niewhcsleffürt, Niewhcsleffürt, Sieellinav, Sieellinav!« Als er realisierte, dass er rückwärts gesprochen hatte, schlug er sich das Handy an die Stirn. »Trottel, Trottel, Trottel ... Nein ... nicht das Codewort! Auch keine ... Nein ... nicht Sie! ... Ich habe mich ... Warten Sie, ich hab's! ... Trüffelschwein, Vanilleeis, Lottozahl, Bruttosozialprodukt, ...« Zur Sicherheit ging er die Liste mit den exakt 23 Codewörtern zweimal durch, beim zweiten Durchgang in Russisch. Für alle Fälle hatte er sich eine Übersetzung machen lassen. Keine Antwort. Er hämmerte das Handy auf einen Sammelbehälter für Müll und stieß dabei die wildesten Flüche aus. Dann schrie er wie ein Tier und trat der Reihe nach auf die vier Behälter der Recyclingstation ein – *Abfall, PET, ALU, Papier*. In letzteren schmiss er die Zettel aus dem Filofax, den er als nutzlos gewordene Lederhülle wiederum in den Abfall stopfte, auch wenn er Metallklammern dran hatte. Dabei zerrte er sich an den Haaren und machte ein paar Schritte in eine unbestimmte Richtung. Jemand zeigte mit dem Finger auf ihn. Da wusste er, dass seine Tarnung aufgeflogen war. Bald würde der Feind zuschlagen. Aber nicht, um ihn zu töten. Die wollten an sein Hirn. Würden Schale um Schale, Schicht um Schicht die mentalen Schranken entfernen, bis er keinen Widerstand mehr leisten konnte und nichts weiter war als ein willenloser Verräter. Er rannte zurück zur Sammelstation, wo er sein Handy liegengelassen hatte, brüllte ins

Mikrophon: »So meldet euch doch! Das könnt ihr nicht machen! Ich brauche die Koordinaten, und zwar jetzt!« Als nur das Freizeichen zu hören war, heulte er auf. Die Leute hielten Abstand.

Da war das Rauschen! Und dann, endlich, die Stimme: »Verpiss dich, Alter. Ich hasse dich!«

Er sackte innerlich zusammen. Wie ferngesteuert zog es ihn weg von der Bahnhofshalle zu den Gleisen. Er kehrte seiner Tasche, dem entsorgten Filofax, dem Phone – weil es keinen Sammelbehälter für Elektroschrott gab, hatte er es ins ALU geworfen – und seinem bisherigen Leben den Rücken. So hatte er sich das nicht vorgestellt. Er hatte versagt, war nur noch eines: ein Sicherheitsrisiko. Selber schuld! Ein tapferer Mensch war er noch nie gewesen. Der Folter des Schweizer Geheimdienstes würde er nicht standhalten. Die hatten bestimmt eine Silky-Silke hoch zwei. Die würde ihn mit ihrem Schal und ihrem Duft wahnsinnig machen, ihn nackt durch immer enger werdende endlose Tunnel aus Seide hetzen. Und dann, wenn er nicht mehr konnte, jede Nervenzelle seiner Haut bei der Berührung durch diese ekelhafte Textilie aufschrie, würde sie ihm den Schal eng übers Gesicht binden. Und dann käme das Wasser, eimerweise. Danach würde er alles, aber auch restlos alles beichten, was die wissen wollten. Ja, selbst das, was die nicht wissen wollten. Dessen waren sich auch seine Auftraggeber bewusst.

Auf Gleis 11 würde gleich der Schnellzug nach Basel einfahren. Sein Gang wurde schneller, als er die letzten

Kräfte mobilisierte und schließlich rannte. Er hätte das Zeug dazu gehabt, die Welt zu verändern. Sie zu retten, eigentlich. Was blieb, war das Ende des Perrons zu erreichen, wo der Zug noch mit Tempo einfuhr. Dumm gelaufen. Endstation. Er hätte sie so gerne kennengelernt.

»Natascha!«, rief er und sprang.

Dem Wolf der Zahn

St. Galler Oberland, 2017

»Schnuggel!«
 Keine Antwort.
 »Scha-a-tz!«
 Keine Antwort.
 »Gerda! Wir soll-ten!«

Meinrad Steinbacher fährt sich durchs schütter werdende Haar und seufzt ergeben. Er setzt sich an den Küchentisch, ohne Schuhe und Jacke wieder auszuziehen. Es ist immer dasselbe. Seit dreißig Jahren schafft er es nicht, seine Frau zur Eile zu bewegen. Inständig hofft er, dass sie die Mantelfrage schon mit sich geklärt hat. Und auch die Schalfrage, die Schuhfrage und, Gott behüte, generell die Was-anziehen-Frage. In seinem Leben wird er nicht mehr verstehen, dass selbst die Farbe der Unterwäsche von Bedeutung ist.

»Frau Steinbacher, bitte an die Information!«, macht er den Versuch, ansatzweise Autorität durch Witzigkeit herzustellen. Ob er sich in den Wagen setzen soll? Schon mal den Motor anlassen?

Sein Blick schweift über den Tisch, auf dem die Post in zwei Stapeln sortiert ist: einer mit Zeitungen,

Rechnungen und so weiter, ein zweiter mit Drohbriefen. Diese flattern in regelmäßigen Abständen ins Haus und ergießen ihren anonym verfassten Hass über Meinrad, den hier im Taminatal alle Meini nennen. So auch der Briefeschreiber. Wenn er ihn nicht gerade sogenannter Wildhüter, ultragrüner Wolfsfreund, verfluchte Öko-Schwester oder, schon fast liebevoll, Wolfi nennt.

In den Pamphleten geht es immer um den Wolf, der sich unter Staatsschutz in der Schweiz wieder angesiedelt hat. Dabei ist dem Verfasser keine Verschwörungstheorie zu abstrus, um sie nicht mit dem Calanda-Rudel, dem größten und stabilsten Wolfsrudel der Schweiz rund um das Calanda-Massiv zwischen den Kantonen St. Gallen und Graubünden, in Verbindung zu bringen. Die Wölfe, selbst wenn man sie kaum zu Gesicht bekommt, stehen offenbar für alles, was das beschauliche Leben im Taminatal gefährdet: Studierte, Linke, verhüllte Weiber, Immigranten, die Lügenpresse, die Homo-Ehe, die da oben in St. Gallen oder Bern und so weiter. Hauptschuldiger aus Sicht des Wutbürgers aber ist der Wildhüter, der die ganze Palette möglicher Beschimpfungen und Beleidigungen abbekommt. Man hätte ihn, den Meini, diesen Eiterzahn, diese Pestbeule, damals mitsamt der Nachgeburt das Senkloch runterspülen sollen – so oder ähnlich zeichnet der Wolfshasser bildgewaltig »Lösungen« auf. Das heißt, für ihn gibt es genau zwei davon. Erstens, der Wolf muss weg, und zweitens, der Wildhüter muss auch weg. Nur ein toter Wolf ist ein guter Wolf, so der meistverwendete Satz, der beispielhaft für einen kreativen Umgang mit bekannten Zitaten steht.

An die Drohungen gegen seine Person hat sich Meini mehr oder weniger gewöhnt, steckt die Anfeindungen bei öffentlichen Anlässen, in der Beiz am Stammtisch, bei Begegnungen mit Jägern im Wald und vor allem mit den Schafbauern auf der Alp weg. Nur wenn Gerda in die blutrünstigen Fantasien des Briefeschreibers einbezogen wird, kocht in Meini die Wut hoch. Er nimmt den letzten Schmähbrief vom Stapel und liest noch mal die entsprechende Stelle.

... und deine Emanze, diese Schnepfe aus dem Unterland, verfüttere ich scheibchenweise an deine Wölfe. Von diesem arroganten Hungerhaken werden sie allerdings nicht satt werden, diesem elenden Kläpper, diesem ...

Zum Glück sind die Kinder schon ausgezogen, denkt Meini und schnappt sich einen weiteren Brief, der sich von den anderen abhebt. Ein kunstvoll gestaltetes Pergament mit dem Sarganserländer Betruf, dem Segen, den fromme Älpler jeweils abends durch einen hölzernen Milchtrichter rufen, damit die himmlischen Schutzmächte allen Schaden von den Weiden und den Tieren fernhalten mögen. Mit Sicherheit geht es dem Absender um die Stelle, welche allen Großraubtieren ein für alle Mal die Legitimation entzieht, dafür die heilige Wut gegen Wolf, Bär und Luchs unter göttlichen Beistand stellt:

Sant Peyter, nümm dynen Schlüssel wohl in dyni rächti Hand
und bschlüss wohl uf dem Bären synen Gang,
dem Wolf der Zahn, dem Luchs der Chräuel,

*dem Rappen der Schnabel, dem Wurm der Schweif,
der Flug dem Greif, dem Stei der Sprung!*

Etwas weiter unten findet sich sogar die Zeile mit den »falschen Juden«, der sogenannte Judenvers, der eigentlich seit den Sechzigern aus dem Alpsegen verbannt ist. Dass besagte Stelle hier vorkommt, outet den Absender als verblendeten Traditionalisten und verkappten Nazi.

»Können wir?«, fragt Gerda.

Meini zuckt zusammen und blickt reflexartig zur Küchenuhr. Er hat um 17:20 Uhr fahren wollen. Nun sind sie siebzehn Minuten zu spät. Er brummelt etwas Unverständliches in seinen Bart, womit er sein eigentliches Vorhaben bereits im Ansatz sabotiert. Ein Wiedergutmachungsessen soll es werden, weil er Gerda zu sehr vernachlässigt hat, vereinnahmt, ja regelrecht besessen, vom Calanda-Rudel. Seit 1995 die ersten Wölfe wieder in der Schweiz auftauchten, hat Meini regelrecht darauf hingefiebert, dass sich ein Rudel in seinem Revier niederlässt. Als es 2012 so weit war, kannte seine Begeisterung keine Grenzen. Mit dem unerbittlichen Widerstand von Teilen der Bevölkerung gegen das Rudel hatte er allerdings nicht gerechnet. Im Laufe der Jahre ist aus Meinis berufsbedingter Begeisterung für den Wolf als Sinnbild für das erfolgreiche Zusammenleben von Mensch und Wildtier eine Obsession geworden. Er betrachtet sich als Hüter des Rudels und nimmt spätestens seit den ersten Schmähbriefen jegliche Kritik auf eine Art persönlich, die nach Gerdas Meinung längstens pathologisch ist. Höchste Zeit also, ihr mit diesem Wiedergutmachungsessen zu zeigen, dass er auch anders sein kann. So, wie sie ihn von früher kennt. Geplant war, galant zu sein, interessant, vielleicht sogar romantisch. Ob er das nun noch hinbekommen würde?

Die beiden steigen ins Auto. Meini gibt vielleicht etwas mehr Gas als nötig. Auf jeden Fall mehr als üblich. Nach wenigen hundert Metern lenkt Meini den 4x4 auf den Taminabogen, die längste Bogenbrücke der Schweiz, die Valens seit letztem Jahr mit Pfäfers über die Taminaschlucht hinweg verbindet. Die Brücke spannt sich über einen Abgrund, dessen Tiefe Meini selbst nachts im Auto ein sogartiges Gefühl im Magen verursacht. Wie verantwortungslos, eine so hohe Brücke so nahe bei der psychiatrischen Klinik in Pfäfers zu bauen, findet Meini. Das ist doch geradezu eine Einladung für Lebensmüde!

»Hunger?«, fragt er Gerda, um die makabren Fantasien fallender Körper abzuschütteln.

»Mmh.«

Sie will also schmollen. Schweigend fahren sie die vielen Kehren hinunter nach Bad Ragaz.

Der große Einzug der Samichläuse mit ihren Schmutzlis – rund zwanzig rote Nikoläuse mit ihren schwarzen Gehilfen, angeführt vom Bischof und drei als Esel getarnten Ponys – eint Gerda und Meini wieder, als sie sich erst über den Umweg in die Tiefgarage ärgern und sich dann durch den Volksauflauf in Richtung Grand Resort kämpfen. 6. Dezember. Er hätte es wissen müssen. Doch Meini hütet sich, noch mal auf die verspätete Abfahrt hinzuweisen. Seine Frau hasst Rechthaberei, wenn sie gegen sie selbst gerichtet ist. Vor der Dorfbadhalle stehen die Leute, vor allem Familien mit kleinen Kindern, dicht an dicht. Die Samichläuse und Schmutzlis stellen sich pärchenweise auf die große Treppe. Hinter ihnen spricht der Bischof, der eigentliche St. Nikolaus, seine traditionelle Ansprache in ein Mikrophon, was den Kleinen wie den Großen so ziemlich egal zu sein scheint. Die warten alle auf die Nüssli und Mandarinli, denkt Meini, als sie sich einen Weg durch die Menge bahnen.

Im Kurpark ist es herrlich ruhig und die Weihnachtsbeleuchtung der Kuranstalten ist einmal mehr spektakulär. Sie versetzt die beiden in jenen Zustand von Glückseligkeit, den Meini mit dem Gastroerlebnis im Restaurant Tschut noch toppen will. Er hat ja vermutet, dass »Tschut« eine Abkürzung sei. Irgendwas Abgehobenes, das Eingeweihten das Gefühl vermittelt, einem auserlesenen Club anzugehören. Doch das wird im Tschut – rätoromanisch für männliches Lamm, wie er sich hat belehren lassen – über den Preis geregelt. Meini will eh nicht zum Club gehören. Das ist ihm alles viel zu obergestopft hier. Seine Frau hingegen schon. Das sieht er ihren Augen an, die schon beim Eintreten leuchten. Genau deswegen hat er sich für dieses Lokal entschieden. Gerda ist und bleibt die Städterin, welche das Mondäne vermisst, seit sie zu ihm ins Taminatal gezogen ist. Mit jeder Pore scheint sie die Atmosphäre des Lokals aufzunehmen und hätte sich wohl am liebsten zu den Leuten an den Nebentisch gesetzt. Irgendwas mit »...owje« prosten die sich zu. Die russische Großoffensive zu Weihnachten hat die Araber aus den Nobelhotels zurück an den Golf gedrängt – und auch dieser Bieber, der letzten Sommer verbotenerweise mit dem Golfcart durch den Kurort gefahren ist, und den Meini ganz im Gegensatz zum gewöhnlichen Biber so gar nicht leiden kann, befindet sich wieder da, wo er hingehört: in seinem natürlichen Habitat, den Social Media.

Eine Kellnerin reicht Meini die Weinkarte. Ein Buch mit sieben Siegeln für ihn. Unauffällig schiebt er sie Gerda zu. Zielstrebig findet sie eine Flasche und tippt mit dem Finger an die entsprechende Stelle, damit Meini dem Personal gegenüber seine Rolle als Besteller und Bezahler wahren kann. Letztere würde er hassen. Das weiß er gleich, als er den Kommapunkt beim Flaschenpreis auch mit Lesebrille nicht finden kann.

Bald kommt der erste Gang, ein filigranes Kunstwerk unter einer nebelverhangenen Glasglocke. Der Nebel verflüchtigt sich, als die beiden Servicekräfte gleichzeitig die Glocke heben und mit einem »En Guete!« damit verschwinden.
    Warum muss Meini ausgerechnet jetzt an die Fleischköder denken, die er vorgestern ganz in der Nähe von Pfäfers gefunden hat? Er schüttelt den Kopf.
    »Nicht gut?«, fragt Gerda mit vollem Mund. »Also ich find's einfach unglaublich. Eine Geschmacksexplosion.«
    »Die wollen die Wölfe mit ausgelegtem Fleisch zu den Siedlungen locken. Dann behaupten sie, die Wölfe hätten sich zu sehr an den Menschen gewöhnt und seien eine Gefahr …« Niemand kann besser mit den Augen rollen als Gerda. »… die man durch gezielte Abschüsse bannen muss. Der Hannes, also der vom Stutz, zieht

bereits einen Maschendrahtzaun um sein Grundstück. Wegen der Kinder. Stell dir mal so was Bescheuertes vor, Gerda! Wegen der Kinder!«

»Die haben halt Angst, Meinrad, du musst das verstehen.«

»Nichts muss ich verstehen. Die Kinder haben so wenig zu befürchten wie die Erwachsenen. Das habe ich ihm auch gesagt, dem Hannes. Hannes, habe ich ihm gesagt, solange du den Kindern keine roten Käppchen aufsetzt, sind sie sicher.«

»Und?«

Niemand kann einen spitzeren Mund machen als Gerda und dabei die linke Augenbraue heben. Wenn ihn nicht alles täuscht, schielt ihr rechtes Auge dabei zu diesem Russen am Nebentisch. Hat sie dem Kerl zugeblinzelt? Muss er sich eingebildet haben. Meini gibt sich einen Ruck.

»Hannes hat gesagt, ich soll schauen, dass ich Land gewinne, bevor er den Hund holt. Dieser Idiot! Weißt du, was der an der Info-Veranstaltung zum Leiter des Kantonalen Amts gesagt hat, also sozusagen zum obersten Jäger, der extra von St. Gallen den weiten Weg gemacht hat, um diese Holzköpfe zu überzeugen?«

»Ich kann es kaum erwarten, dass du es mir sagst, Schatz.«

»Der Wolf ist schließlich keine heilige Kuh. Hat er gesagt, der Hannes. Im Ernst. Ist das nicht ein Depp, so einer?«

Das Lächeln in Gerdas Gesicht wirkt echt und Meini liebt sie dafür. Sie tätschelt seine Hand und lenkt das Gespräch galant, aber bestimmt in eine völlig andere Richtung.

Als nur noch das Dessert aussteht, vibriert das Handy in Meinis Hosentasche und spielt gleichzeitig das kurze Heulen eines Wolfes. Niemand kann das Gesicht besser entgleisen lassen als Gerda. Trotzdem zieht er das Smartphone aus der Tasche. Dieser bestimmte Signalton ist ausschließlich für seine Fotofallen reserviert. Er hofft, es wäre ein Schneehase oder ein Reh. Doch das ist es nicht, was die Infrarotkamera aufgenommen hat. Gleich mehrere Bilder zeigen die Leitwölfin und das ganze Calanda-Rudel in Einerkolonne auf dem Weg talauswärts, ungefähr fünf Kilometer vor Pfäfers.

Meini lässt das Phone auf das weiße Tischtuch sinken und blickt seine Frau an. Diese schmeißt die Serviette hin und zeigt mit dem gestreckten Zeigefinger auf ihn. Niemand hat einen längeren Zeigefinger als Gerda, was sie wissenschaftlich betrachtet zu einer Frau mit Durchsetzungskraft macht.

»Wenn du jetzt gehst, bist du mich los«, sagt sie gefährlich leise und kneift dabei die Augen zusammen.

Reglos verharrt Meini und sucht einen Ausweg aus dem Dilemma. Dann hat er sich entschieden.

»Zahlen, bitte!«, ruft er und zückt sein Portemonnaie.

Er gibt der Kellnerin reichlich Trinkgeld, schiebt dann den Stuhl zurück und schickt sich an, aufzustehen.

»Das glaube ich jetzt nicht!«, sagt Gerda und bleibt mit verschränkten Armen sitzen.

»Du kommst also nicht mit«, stellt Meini fest.

Sind da Tränen in ihren Augen? Ob sie ihm eine Szene machen wird?

Er holt noch mal sein Portemonnaie hervor und legt

fünfzig Franken auf den Tisch. »Fürs Taxi«, sagt er noch, bevor er aufsteht.

»Ich brauche kein Taxi!«

Gerdas Gesicht ist weiß vor Zorn, die Lippen ein Strich unter den geblähten Nasenflügeln, als Meini an ihr vorbeigeht und den Gourmettempel verlässt. Er rennt durch das nächtliche Bad Ragaz, das nun wie leergefegt ist. Seine Schritte hallen zwischen den Häusern. Nie hat er sich mieser gefühlt.

Wie ein Irrer brettert er die Straße nach Pfäfers hoch. Zum Glück liegt kein Schnee. Meini braust über den Taminabogen und legt schließlich vor seinem Haus eine Bremsspur hin.

Zehn Minuten später ist er umgezogen und mit allem ausgerüstet, was er braucht: seinem Gewehr, dem Nachtsichtgerät, einer starken Lampe, einer Thermosflasche mit warmem Tee, ein paar Weihnachtsguezli, welche Gerda am Nachmittag gebacken hat, und einer Rätsche, mit der er die Wölfe verjagen will. Der Macht der Gewohnheit folgend, schaut er beim Verlassen des Hauses in den Briefkasten. Tatsächlich, ein weiterer Brief! Er liest ihn im Licht der Außenlampe.

Du bist noch vor Weihnachten fällig, du Kreide fressender Wolf im Schafspelz, du elender Verräter, Schande über dich und deine Brut! Fahr zur Hölle! Ich brunze auf dein Grab, du Haufen Wolfsscheiße!

Eine Wut, wie er sie bisher nicht gekannt hat, ergreift von Meini Besitz. Wegen dieses Arschlochs setze ich meine Ehe aufs Spiel. Wenn ich den in die Finger bekomme … Meini steckt den Brief ein und stapft los. Im Marschschritt zieht er Richtung Brücke und überquert sie im Bewusstsein, wohl gerade mehr als einen Abgrund überschritten zu haben.

Am Dorfrand von Pfäfers, in der Nähe des Altersheims, kommt ihm ein einsamer Schmutzli entgegen. Sein Gang ist unsicher. Genau genommen schlägt es ihn von der einen zur anderen Straßenseite.

»Na, Schmutzli, hast du deinen Samichlaus verloren?«, spricht Meini ihn von Neugier getrieben an. Er will herausfinden, wer unter dem Kostüm steckt.

»Ja, der Aff hockt noch bei der Nachtschwester im Altersheim und säuft einen Kafi Luz nach dem anderen.«

»Und was hast du getrunken, Schmutzli?«

Meini hat den Büel Noldi, den Gemeindearbeiter, der unter anderem für den Unterhalt der Gemeindestraßen zuständig ist, natürlich sofort erkannt.

»Geht dich einen Scheiß an!«

»Musst du nicht früh mit dem Schneepflug raus?«, hakt Meini nach.

Noldi produziert ein Lachen, zu dem nur Volltrunkene fähig sind, deutet mit einer fahrigen Bewegung himmelwärts und dann auf die Straße.

»Siehst du hier so etwas wie Schnee, du Siebenschlauer? Du quatschst mir nicht in meine Arbeit rein und ich dir nicht in deine! Obwohl es mich ankotzt, dass dir die Wölfe wichtiger sind als unsere Schafe. Das wollte ich dir schon lange mal sagen. So! Gute Nacht!«

Er droht noch mit der Rute, lacht wieder sein debiles

Lachen und torkelt dorfwärts. Allenthalben bleibt er stehen, reckt den Kopf zum Himmel und bricht in Wolfsgeheul aus. Das findet er dermaßen witzig, dass es ihn vor Lachen schüttelt. Meini nimmt sich vor, dem Noldi nächstens gehörig auf den Zahn zu fühlen. Und auch seinen Saufkumpanen am Stammtisch. Vielleicht würde sich einer im Suff verplappern.

Als dieser Trottel endlich außer Sicht ist, lässt Meini Dorf und Brücke links liegen, überquert die Wiese bis zum Waldrand und besteigt den Hochsitz. Sein Unterfangen ist mehr Verzweiflungstat als zielbringendes Vorgehen. In der Zwischenzeit können die Wölfe überall sein. Aber Meini will sich auf sein Gefühl verlassen. Genau hier hat er nämlich schon Fleischköder und auch Wolfsspuren gefunden.

Er setzt das Nachtsichtgerät an und scannt die Wiese zwischen Wald und Dorf. Dem Novemberschnee hat der Föhn in den letzten Tagen den Garaus gemacht. Meini entdeckt einen Fuchs, der mit der Schnauze tief in etwas steckt, das ihm offenbar sehr zusagt. Da wird doch wohl nicht … Meini rutscht praktisch die Leiter runter und rennt über die Wiese. Der Fuchs hat sich aus dem Staub gemacht. Aber da, wo er gefressen hat, liegt noch immer das relativ frische, halb aufgerissene Lamm – offensichtlich eine Totgeburt, käsig, mit Fruchtblase und abgerissener Nabelschnur. Kein schöner Anblick. Doch Meini ist einiges gewohnt. Gerade die Schafbauern ersparen ihm den Anblick gerissener Tiere nicht. Das will immer bis ins Kleinste abgeklärt, dokumentiert und letztlich – im Falle eines Risses durch den Wolf – entschädigt sein. Dann hat der Beruf des Wildhüters jeweils etwas von einem Pathologen. Obwohl es ihn doch etwas ekelt, packt Meini das Lamm an den Hinterläufen und trägt es über die Wiese bis zum Hochsitz. Er würde das Beweisstück später mitnehmen und morgen die Schafbauern der Umgebung abklappern. Davor allerdings würde er auf der Gemeinde vorstellig werden. Denn es gibt noch jemanden, der Zugang zu toten Tieren und Schlachtabfällen hat: Noldi ist als Gemeindearbeiter für das Konfiskat zuständig. Da bringt das ganze Taminatal tierische Abfälle hin, vom Hamster bis zur Kuh. Na ja, der eine oder andere Lumpi, Hansi oder Tschipsi wird vermutlich den Kindern zuliebe illegal im Garten vergraben. Aber die meisten Kadaver, insbesondere jene aus den Bauernbetrieben, landen im Konfiskat, das während der Bürozeiten als Selbstentsorgungsstelle öffentlich und unbeaufsichtigt zugänglich ist.

Meini wischt seine Hände im taufeuchten Gras ab und steigt die Leiter wieder hoch. Es riecht nach Schnee, findet er, als er die Luft durch die Nase zieht. Das geschähe dem Noldi, diesem Hallodri, recht, wenn in der Frühe die Straßen ungepflügt blieben und im Rathaus das Telefon heißlaufen würde. Wenn Meinis Verdacht sich erhärten sollte, dann würden noch ganz andere Dinge heißlaufen, das kann er jetzt schon garantieren.

Meini nimmt einen Schluck Tee und arbeitet in Gedanken an einer Pressemitteilung. Als das Handy vibriert, lässt er den Becher beinahe fallen. Eine Nachricht von

Gerda. Genau genommen das Foto eines Hotelzimmers, das sie sich nicht leisten kann. Gerdas Kommentar zum Foto: »Russisches Roulette!«

Oh, Mann! Was hat er angerichtet? Was hat sie angerichtet? Wie hat es so weit kommen können? Sollte er auch russisches Roulette spielen? Mit einer Jagdflinte? Oder nach Bad Ragaz fahren, um in einem Hotelzimmer ein Blutbad anzurichten? Meini kämpft mit den widersprüchlichsten Gedanken, erfüllt von Wut, Eifersucht, Enttäuschung, verletztem Stolz, Selbstmitleid, Selbstvorwürfen, Scham und der verzweifelten Hoffnung, dass alles wieder ins Lot kommt. Er beschließt, weder sich noch jenem unbekannten Russen den Kopf wegzupusten – zumindest nicht, bevor er diesen elenden Köderleger, in dem Meini den eigentlichen Verursacher seiner beschissenen Lage sieht, zur Strecke gebracht hat.

Er schaltet sein Handy aus. Es soll ihm keine weiteren Nachrichten mehr übermitteln. Das ist ja sein eigentlicher Fehler gewesen: das Handy nicht auszuschalten. Dann hätte er die Nachricht von der Fotofalle nicht bekommen und seine Frau würde nun nicht mit den Kugeln eines Russen spielen. »Hätte, hätte, Fahrradkette«, sagen die Deutschen. Sein Vater pflegte zu sagen: »Wenn der Hund nicht gschissen hätt', hätt' er den Hasen erlaufen.«

Gegen ein Uhr kommt Wind auf. Nun liegt definitiv Schnee in der Luft. Meini harrt noch eine halbe Stunde aus, in der absolut rein gar nichts geschieht. Mit einem Seufzer gibt er sich einen Ruck und steigt vom Hochsitz. Die Knie machen Geräusche wie das Brechen dürrer Äste. Meini fühlt sich alt, müde und verbraucht. Er sieht neun endlose Jahre bis zur Pensionierung auf sich zukommen, gefolgt von einigen nun wohl sehr einsamen Jahren, die schleichend, aber stetig in einen noch einsameren Lebensabend führen würden. Lebensabend! Was für ein bescheuert beschönigender Ausdruck! Ob es das alles wert ist? Dieser Kampf gegen Vorurteile und Sturheit? Meini, der Alpen-Don-Quijote? Wie lächerlich! Das tote Lamm lässt er einfach liegen. Er will nur noch heim ins Bett und die Decke über den Kopf ziehen.

Als Meini über die Brücke geht, sitzt in der Mitte eine Gestalt, an die seitliche Mauer gelehnt. Ein Suizidaler aus der Klinik! Habe ich es nicht gewusst? Verdammt! Meini schleicht sich an, um den Lebensmüden nicht zu erschrecken und ihn im Notfall schnell zu überwältigen. Doch es ist kein ausgebüxter Kranker, sondern Noldis Samichlaus, der seinen Rausch ausschläft, nachdem er den Heimweg nicht gefunden hat. Selbst im Nikolausmantel, mit Perücke und Kunstbart ist es gefährlich, bei diesen Temperaturen die Nacht draußen zu verbringen.

Meini leuchtet ihm mit seiner Taschenlampe ins Gesicht. »He, Samichlaus! Wach auf!«, ruft Meini und stupst ihn an.

Es braucht drei Versuche, bis der Betrunkene endlich zu sich kommt. Dann allerdings ist er erstaunlich schnell auf den Beinen.

»Was is los?«, ruft der Samichlaus und hält sich an der Brüstung fest.

»Du erfrierst hier. Geh heim und schlaf deinen Suff aus!«

»Gar nichts hast du mir zu sagen, du verdammte Schande von einem Wildhüter!«

Der Samichlaus, beziehungsweise der Tobel Bert, welcher unter dem Kostüm steckt – Meini hat ihn an der Stimme erkannt –, schlurft Richtung Valens davon.

»Falsche Richtung!«, ruft ihm Meini nach.

Der Samichlaus macht kehrt, wechselt die Brückenseite und geht an Meini vorbei, ohne ihn eines Blickes zu würdigen.

»Du hast deinen Sack und deinen Stecken vergessen!«

Die Sache fängt schon fast an, Spaß zu machen. Meini mag den Bert nicht. Und seit Meini ihn beim Wildern erwischt hat, mag der Bert ihn noch weniger.

»Her damit!«

Schneller, als Meini ihm das zugetraut hätte, ist der Samichlaus bei ihm und reißt ihm den Sack aus der Hand.

»Der ist ganz schön schwer«, wundert sich Meini im Nachhinein. »Was schleppst du denn da mit dir rum? Riecht auch so eigenartig.«

»Den Stecken! Gib mir den Stecken!«

Mit einem Mal scheint der Bert recht nüchtern zu sein. Meini leuchtet ihm ins Gesicht. Aus blutunterlaufenen Augen blickt ihm blanker Hass entgegen.

»Mach die Lampe aus, du Aff!«

Meini verstaut die Lampe in seiner Jackentasche. Als sich die Augen wieder an die Dunkelheit gewöhnt haben, sagt er:

»Den Stecken kannst du morgen bei mir abholen, wenn du willst.«

Ein paar Augenblicke stehen sie sich schweigend gegenüber. Meini spannt seinen Körper, bereit, den Stecken als Waffe einzusetzen.

»Fahr zum Teufel, du elender Schafseckel!«, flucht Bert ganz und gar nicht Samichlaus-like, wirft sich den Sack über die Schulter und macht sich durch den einsetzenden Schneefall davon.

Doch er kommt nicht weit. Plötzlich bleibt er wie angewurzelt stehen. Dann macht er kehrt und rennt zurück, als ob der eben beschworene Beelzebub persönlich hinter ihm her wäre. Als er auf Meinis Höhe ist, stoppt er abrupt.

»Da!«

Mit zitternder Hand weist der Samichlaus zum Ende der Brücke auf der Pfäferser Seite. Im schwachen Licht der Straßenlampe sind dunkle Leiber mit glimmenden Augenpaaren auszumachen. Meini hält von Ehrfurcht ergriffen den Atem an. Das gesamte Calanda-Rudel hat sich eingefunden und starrt in V-Formation in ihre Richtung.

»Sie werden uns zerfleischen«, sagt Bert tonlos.

»Wölfe sind für Menschen absolut harmlos, solange man sich ihren Jungen nicht nähert. Wie oft muss ich euch das noch erklären«, versucht Meini ihn zu beschwichtigen.

»Das ist alles nur deine verdammte Schuld!«

Unvermittelt packt der Samichlaus Meinis Unterarm, drückt ihm den Jutesack in die Hand, rennt los, stolpert über seinen Mantel und fällt der Länge nach hin.

Ignoranter Trottel, denkt Meini und betrachtet andächtig das Wolfsrudel, das etwa zweihundert Meter entfernt noch immer auf etwas zu warten scheint.

Während sich Bert hochrappelt, stutzt Meini, denkt den aufkeimenden Gedanken zu Ende, fischt die Taschenlampe aus der Jackentasche und leuchtet in den Sack. Als er die ganzen Zusammenhänge begreift, lässt er den Sack fallen, löscht die Lampe und steckt sie wieder ein. Dann schwingt er das Gewehr von der Schulter, macht die Ladebewegung, entsichert, dreht sich zum davonstolpernden Samichlaus um und legt an.

»Dreh dich um, du verdammter Hund, damit ich dich nicht von hinten erschießen muss!«

Bert, der vermutlich eh nicht damit gerechnet hat, es bis zum Ende der Brücke zu schaffen, bleibt stehen. Langsam dreht er sich um.

Meini zittert vor Wut. Hier und jetzt will er diesen Wicht erschießen. Er braucht nur den Abzug zu ziehen. Es scheint ganz leicht und doch unendlich schwer. Aus irgendeinem unerklärlichen Grund aber kann er seinen Widersacher vor den Augen der Wölfe nicht abknallen. Es kommt ihm vor, als stehe er auf dem Prüfstand, unter der Beobachtung einer übergeordneten Macht, an die zu glauben er längst aufgehört hat. Meini sichert das Gewehr und schultert es. Dann packt er den Sack, in dem die Nachgeburt eines Schafes liegt. Schweigend nähert er sich dem Samichlaus und schmeißt ihm den Sack vor die Füße.

Bert schnauft laut und schwer, kratzt sich am Kopf und räuspert sich endlich.

»Eine Aue hat eben gelammt. Mein Stall ist doch grad

neben dem Altersheim. Und als der Noldi heimgegangen ist ...«

»... wolltest du noch schnell auf die andere Talseite, um auch dort einen Köder auszulegen. Aber auf dem Hinweg schläfst du mitten auf der Brücke ein, weil du zu blöd bist und zu besoffen, du hinterfotziger Armleuchter, du!« Meini geht ganz nahe an den Samichlaus heran. »Das Lamm habe ich übrigens auch gefunden. Wie kaltherzig muss einer sein, um eine Totgeburt als Köder auszulegen?«

»Ja. Ich gebe es zu«, sagt Bert, macht einen Schritt zurück und verschränkt die Arme vor der Brust. »Aber ich bereue es nicht.«

»Meine Ehe geht den Bach runter, du verdammter Idiot!«

Meini packt ihn am Kragen und holt zum Schlag aus.

»Sie kommen!«, schreit ihm Bert da ins Ohr.

Meini fragt sich, ob das ein Ablenkungsmanöver ist. Aber Berts Angst ist echt. Regelrecht riechen kann er sie. Er lässt Bert los und blickt zurück.

In Einerkolonne trabt das Wolfsrudel durchs Schneegestöber auf sie zu.

»Ich will nicht sterben«, jammert Bert, reißt sich los und rennt ein paar Schritte, nur um einzusehen, dass er keine Chance hat, zu entkommen.

In seiner Verzweiflung schwingt er sich auf die Brüstung und schafft es tatsächlich, aufzustehen. Die Arme hält er hochgereckt. Als ob die Wölfe sich als Erstes in seine Hände verbeißen würden! Der Wind zerrt an seinem Bart. Die Kapuze rutscht nach hinten. Die Perücke segelt in die Dunkelheit hinab.

»Die packen dich an den Eiern!«, sagt Meini verächtlich. »Die zerren dich an deinem ausgeleierten Sack von der Brücke und reißen dir deinen fetten Wanst auf.«

Bert nimmt die bildhafte Beschreibung zu Meinis Zufriedenheit durchaus ernst und fällt beinahe von der Brücke, so sehr schwankt er.

»Und weißt du was? Du hast es verdient. Apropos Sack«, Meini greift nach unten, »du hast noch was vergessen.«

Damit pfeffert er den Jutesack in Richtung Samichlaus.

Irgendeinem bescheuerten Reflex folgend greift Bert ihn sich aus der Luft, obwohl der Sack vorbeigesegelt wäre. Augenblicklich wird er von der Physik, der gefährlichsten Gegnerin Betrunkener, überrumpelt. Das Trägheitsprinzip lässt ihn erst eine Pirouette drehen, bevor es ihn nach hinten reißt. Mit einem lang gezogenen »Neeeeeeiiiiiin!« fällt der Samichlaus die zweihundert Meter in die Tiefe.

Meini stürzt an die Brüstung und starrt nach unten. Da ist ein einziges schwarzes Loch. Das ist wohl der Unterschied zwischen Samichlaus und Weihnachtsmann, denkt er. Letzterer wäre von fliegenden Rentieren gerettet worden.

Meini verspürt weder Mitleid noch Triumph. Angesichts der Wölfe, die sich noch immer ohne Zögern nähern, verliert alles auf mystische Weise seine Bedeutung. Die Leitwölfin blickt ihn kurz an, als sie ihn kreuzt. Ihr Rudel folgt ihr. Jedes Tier dreht dabei den Kopf in seine Richtung, als ob es dem Wildhüter Tribut zollte.

Meini steht still, vor Fassungslosigkeit gelähmt, und vergisst sogar das Atmen. Schon immer hat er von einer solchen Begegnung, Auge in Auge auf Kurzdistanz mit dem Wolf, geträumt. Wie anmutig sie sich bewegen, wie geräuschlos ihre Leiber durch die Nacht gleiten! Bis er realisiert, dass er das Ereignis hätte festhalten sollen, sind die Wölfe bereits in der Dunkelheit und dem Schneetreiben verschwunden.

Vielleicht hätte er noch die Spuren des Wolfsrudels in der dünnen Schneeschicht festhalten können. Aber am Ende der Brücke, von Pfäfers kommend, tauchen die Scheinwerfer eines Autos auf. Zu Meinis Erstaunen verlangsamt das Auto, ein Taxi, und hält schließlich genau neben ihm.

Das Innenlicht geht an. Geld wechselt den Besitzer beziehungsweise die Besitzerin, bevor diese aussteigt. Das Taxi fährt die ganze Strecke über die Brücke rückwärts, wobei es die Szenerie in kinowürdiges Licht taucht.

Gerdas Make-up ist im ganzen Gesicht verschmiert. Da hat wohl jemand im russischen Roulette verloren.

»Es tut mir so leid«, sagen sie gleichzeitig, gehen aufeinander zu, bleiben stehen und fassen sich dann unsicher an den Händen.

»Ich will mich nicht zwischen dich und die Wölfe stellen«, sagt Gerda endlich. »Ich will die Wölfe auch nicht zwischen dich und mich stellen«, sagt Meini.

»Tatsächlich?« Gerdas Stimme klingt belegt, aber hoffnungsvoll.

»Ja«, sagt Meini, »ich glaube, die Wölfe kommen ganz gut ohne mich zurecht.«

Sie küssen sich lang und innig. Dann gehen sie eng umschlungen über den Taminabogen und schon bald verlieren sich ihre Spuren im Schnee.

Riccarda macht Urlaub

Riccarda fährt am liebsten mit dem Unimog durchs Dorf, über die Felder, durch die Wälder, den Bächen entlang, die Berge hoch bis zum Geißberg Fredi, ihrem Onkel, und seiner einzigen ihm verbliebenen Kuh Alma, und dann, nach einem kurzen Schwatz, alles wieder zurück. Sie will sehen und gesehen werden, nach dem Rechten schauen und sich als eben DAS Recht in Szene setzen. Riccarda, die starke Herrscherin – oh, ja! – die mächtige Harte – worauf du einen lassen kannst! – die kräftige Reiche – einverstanden mit dem ersten Teil, den Rest kannst du knicken. Einen Preis für Political Correctness wird sie mit Sicherheit nie gewinnen. Von den meisten wird sie Ricci genannt und ist hier im Bergdorf einfach der »Sheriff«. Also noch. Denn irgendwas muss im Busch sein, sagt ihr eben das »Busch-Telefon«, also ihre Freundin Bea, die auf dem Stützpunkt im Büro arbeitet.

Riccarda versucht mit ihrem Unimog direkt auf den Abstellplatz vor ihrem Haus am Dorfausgang zu driften, was ihr jedoch misslingt. Es hat einfach zu wenig Schnee und zu viel Matsch für die Jahreszeit und diese Höhenlage. Sie fährt einmal vor und zurück, bis ihr Fahrzeug richtig steht. Es stammt aus alten Armeebeständen. Sie hat es zerlegt, umgestaltet und zu diesem schwarzen Schmuckstück gemacht, das ihr schon mancher Unterländer hatte abkaufen wollen. Oder sie darin flachlegen. Oder beides. Aber sie will nicht. Auch beides. Wenn schon legt *sie* flach. Aber ihr ist selten danach und die meisten Typen, die ihr über den Weg laufen, sind nicht für länger interessiert. Sie blickt ins Dorf, entlang der Straße. Es nachtet ein, obwohl es erst später Nachmittag ist. Die Straßenbeleuchtung ist an. An den Lampen baumeln lächerliche Gebilde aus Tannenreisig. Weil sich kein Sponsor findet für eine schlaue Weihnachtsbeleuchtung, die es, verdammt noch mal, auch nicht braucht. Was sie dem Lexi, also dem Gemeindeamman, schon mehrfach durchgegeben hat. Wenn schon, hat sie ihm gesagt, wenn schon brauche es Flutlicht beim Kinderspielplatz, beim Container für die Altkleider und bei der Hütte auf dem Büel, damit die minderjährigen Kiffer und Säufer sich im Dunkeln nicht allzu behaglich fühlten. Wegleuchten, diese Grünschnäbel! Ansonsten Schallkanonen im Hochfrequenzbereich einsetzen. Noch besser wäre es natürlich, die Eltern in die Pflicht zu nehmen. Sie zu zwingen, ein *Zimmerverlesen* durchzuführen, eine Anwesenheitskontrolle, sobald das Tageslicht weg ist.

»Leandra?«

»Hier!«

»Leon?«

»Hier!«

»Laurin?«

»Hier!«

»Lorena?«

...

»Lorena?«

...

»Lorena!«

Und dann Suchaktion. Die Göre finden, wie sie mit Lars, Luan, Larissa oder Liam rumhängt, Prank-Videos auf Tik-Tok und weitere verbotene Substanzen konsumiert, und dann ab die Post. 14 Tage Hausarrest, Handy bei 250 Grad für 10 Minuten in den Ofen und dann mal gucken, ob Fräulein Scheiß-Drauf nochmal Lust auf Party vor einem Schultag hat.

Riccarda geht rein, ruft »Po-li-zei!«, was ihr immer wieder einen Schauer über den Rücken jagt, macht das Licht an, hängt die Uniformjacke an die Garderobe und schließt den Gürtel mit der Waffe, den Handschellen, dem Pfefferspray, den Handschuhen und dem ganzen anderen Kram im Schrank ein. Nun was? Kochen? Gehört ja auch irgendwie dazu, nicht? Hat sie noch was Vorgekochtes? Nein, alles leer. Aber sie hat Hunger. Jetzt. Pizza bestellen geht nicht. Welcher Pizzaservice fährt schon 20 Minuten den Berg hoch und wieder runter für eine einzige Pizza? Okay, sie könnte vier bestellen und drei einfrieren. Ach, was! Da klingelt ihr Handy. Rufen die jetzt von selber an, oder was? Gedankenübertragung? Aber es ist ihr Chef. Da vergeht einem ja der Appetit ganz schnell.

»Wir haben ein Problem«, sagt der Chef nach einer knappen Begrüßung.

»Aha.«

»Ja, leider.« Sie denkt nur: ›Busch-Telefon‹. »Es passiert einfach zu wenig bei dir. Und das Wenige, das passiert, regelst du zu schnell.« Sie sagt nichts. »Äh, bist du noch da?«

»Klar doch. Ich bin immer da.«
»Sehr gut. Aber vermutlich nicht mehr lange.«
»Bitte?«
»Es passiert einfach zu wenig bei dir.«
»Wir stecken in einer Zeitschleife fest, Chef. Was willst du mir sagen?«
»Es braucht dich nicht.«
»Bitte?«
»Ja. Leider. Passiert ja nichts bei dir.«
»Aber es passiert doch genau darum nichts, wie du sagst, weil ich hier bin, verdammt noch mal!«
»Nicht in diesem Ton!«
»Dann halt ohne das Verdammt.«
»… weil ich hier bin, noch mal?«
»Genau. Weil ich hier bin, nach dem Rechten und vor allem auch zu DEN Rechten, und DEN Linken, und DENEN dazwischen – haha! – schaue, passiert nichts. Zumindest nichts Gravierendes. Verstehst du?«
»Ja, aber das ist eben schlecht.«
»Mmh …«
»Hör zu, Riccarda!«
»Ich höre.«
»Die wollen deinen Posten dichtmachen.«
»Die?«
»Ja, die. Die, die was zu sagen haben, halt.«
»Aber, das bist doch du, oder?«
»Ja, schon … Aber in diesem Fall eben nicht. Das kommt direkt von … von …«
»Von den Sesselfurzern?«
»Das hast du jetzt gesagt.«
»Okay … Und was heißt das nun?«

»Deine Jahresbilanz ist zu niedrig. Ich meine …«
»Hast du Jahresbilanz gesagt?«
»Jahresbilanz, ja.«
»Aha!«
»Was soll denn das nun wieder heißen, ›Aha!‹?«
»Dass die Typen das Jahr zu früh abgeschlossen haben. Damit sie die verbleibenden Tage bis Weihnachten ihrer Hauptbeschäftigung nachkommen können.«
»Die da wäre?«
»In den Sessel furzen! Verdammte Scheiße aber auch!«
»Nicht in diesem Ton!«
»Dann eben ohne das … na, du weißt schon. Aber, Achtung! …«
»Ja?«
»Achtung! Das Jahr ist noch nicht vorbei.«
»Ja … Aber, du weißt schon, dass Weihnachten vor der Tür steht, oder?«
»Warte mal, ich schau kurz nach.«
»Jetzt hör auf mit dem Scheiß, Riccarda!«
»Nun hast aber du … Na ja, egal.«
»Also, wir sollten das beenden. Riccarda, ich wollte dir nur Bescheid geben, bevor es offiziell ist.«
»Lieb von dir. Also, ich stelle fest, wir haben heute den 14. Dezember. Es bleiben somit genau 17 Tage bis zum Ende des Jahres. Und es ist ja auch fast Vollmond. Und ich bitte dich nur darum, bis Silvester zu warten. Ich meine, das sind immerhin, Moment … Moment … MOMENT! … fast fünf Prozent.«
»Fünf Prozent?«
»Beinahe ein Zwanzigstel des Jahres. Da kann jede Menge passieren.«

»Ja, ja. Weihnachten – Neujahr. Im südlichsten Bergdorf des Kantons.«

»Chef, wir sitzen hier auf einem Pulverfass! Das kann jeden Moment eskalieren. Es werden Menschen zu Schaden kommen … und vermutlich auch Tiere … Das wird furchtbar und überhaupt … Das Tal wird erfüllt sein von blauen Blinklichtern und vom Dröhnen der Martinshörner, vom Knattern der Rotoren der Rettungshelikopter. Glaub mir …«

»Hör zu, Riccarda, ich muss. Vielleicht brauchen sie ja bei der Statistik eine Fachkraft, die gut Prozentrechnen kann. Vielleicht kann man da Homeoffice machen. Ansonsten brauchen wir immer fähige Leute auf dem Stützpunkt. Weißt du was? Mach doch nochmal etwas Arithmetik und zähle deine Überstunden zusammen. Schick mir morgen die Zahlen. Da kommt sicher jede Menge Urlaub zusammen, den du noch beziehen kannst. Schönen Abend noch.«

Riccarda hat keinen schönen Abend und keine gute Nacht, was nicht am Zählen der Überstunden liegt. Sie ist mit sich selber im Clinch, denn die Verantwortung wiegt schwer. Soll sie das wirklich durchziehen, tatsächlich Urlaub beziehen und das Dorf sich selbst und seinem Schicksal überlassen? Andererseits, wenn sie hier abgezogen würde, dann wären die Leute eh sich selber ausgeliefert. Ob sie dann noch hier würde wohnen können?

Als sie durchs Küchenfenster draußen die Konturen der umliegenden Häuser, der Kirche, der Hänge, der Wälder, der Berggipfel wahrnimmt, hat sie entschieden, dass nur eine Rosskur den Polizeichef und letzten Endes die Sesselfurzer zur Einsicht bringen wird. Sie kann

nur hoffen, dass die Schäden sich in Grenzen halten, die
Opfer es wert sind und es zumindest keine Toten geben
wird.

Sie schreibt ihrem Chef eine E-Mail-Nachricht. Sie habe
total noch genau 295 Überstunden, womit sie eigentlich
frühestens im Februar wieder antreten müsste. Ob er ihr
das bitte so bestätigen könne, damit sie dann ihr Diensttelefon getrost auch mal im Schrank bei ihrer Waffe und
dem ganzen anderen Kram liegen lassen könne.

Der Chef schreibt umgehend zurück:

»Genieß die freie Zeit! Mach mal was aus Weihnachten! Und ja klar, Handy aus! Oder, warum nicht verreisen? Karibik vielleicht? Wie auch immer. Komm mal
bei mir im Stützpunkt vorbei, damit wir deinen weiteren
Einsatz besprechen. Frohes Fest!«

»Okey-Dokey!«, sagt Riccarda laut zu sich selber,
macht einen tiefen Seufzer und fügt in Gedanken an:
›Die Geister, die ich rief ... Das wird ein Gemetzel.‹

Nun muss das Dorf noch wissen, dass sie weg ist. Das
geht am einfachsten, indem sie in der einzigen Beiz
einen einsamen Nussgipfel vom Vertrocknen erlöst, ihn
erst in den Kaffee tunkt und dann portionenweise verputzt. Beim Zahlen erwähnt sie beiläufig gegenüber dem
Fränzi, dass sie bis über Weihnachten hinaus verreist.
Die Beizerin reißt entsetzt die Augen auf, fasst sich ans
Herz und sagt:

»Aber du weißt schon, dass heute Vollmond ist und
gleichzeitig der 13. Monatslohn ausbezahlt wird.«

»Schon«, antwortet Riccarda, steht auf und steckt sich

das Portemonnaie in die Hose. Nimmt die Jacke vom Stuhl.

»Da kannst du mich doch nicht alleine lassen!«

»Tut mir leid, Fränzi. Der Chef schickt mich in den Urlaub. Überstunden abbauen. Da musst du jetzt leider selber irgendwie klarkommen. Und falls was ist …«

»Ja?«

»Ruf die 117 an, nicht mich!«

»Aber …«

»Kannst auch die 112 nehmen oder die 144 oder die 118. Es geht sogar die 911, weil – Amis sei Dank! – auch das als Notruf erkannt wird. Coole Weihnachtsdeko, übrigens.« Riccarda zeigt auf die Gestecke auf den Tischen. Selbstgebasteltes mit Christrosen und Holzsternen aus Altholz. Nicht übel, aber gefährlich, wenn Alkoholisierte in der Nähe sind. Besonders bei Vollmond. »Wenn ich du wäre, würde ich die Holzsterne durch luftgefüllte Plastiksterne mit abgerundeten Zacken ersetzen, oder durch welche aus Styropor.« Beim Ausgang dreht sie sich nochmal um. »Hey, trag dir Sorge! Mach's gut!«

Draußen setzt sie sich in ihren Unimog und fährt hoch zum Onkel Fredi, der sie mit Sicherheit bei sich wohnen lassen wird, ohne groß Fragen zu stellen und vor allem ohne jemandem was darüber zu erzählen. Ihr Gefährt stellt sie ins *Tenn*, schnappt sich ihre Tasche und das Fernglas, schließt die Holztore, tritt ins Haus ohne anzuklopfen, ruft »Po-li-zei!«, schmeißt die Tasche im engen Korridor auf den Boden, geht in die Küche und setzt sich mit einem »Hoi!« zu ihrem Onkel. Er hockt wie immer auf der Eckbank, hört Radio und schaut dabei dem Feuer im Herd durch das transparente Türchen beim Brennen zu. Etwas schmort in einer Gusspfanne. Es riecht nach Kindheit, nach heiler Welt. Das Heimweh überkommt sie, nach ihrer Mutter und ihrem Vater. Fredi weiß das, ohne, dass sie es ihm sagen muss. Schon tischt er einen halben Veltliner auf, dazu Brot, Käse, Speck.

»Iss nicht zu viel«, sagt er. »Später gibt's noch Voressen.«

Der Tag ist noch nicht vorbei, als die ersten Blaulichter talaufwärts fahren. Durchs Fernglas erkennt sie Einsatzfahrzeuge der Polizei und zwei Ambulanzen. Riccarda weiß genau, wohin sie fahren. Sie hat ein ganz mieses Gefühl dabei. Vor ihrem geistigen Auge sieht sie die ganze Misere vor sich. Bea, ihr Spion in der Abteilung, wird ihr das später bestätigen und mit weiteren Details, die sie aus den Protokollen hat, spicken. Georg ist mit dem Postauto gekommen und sitzt seit exakt 16:45 Uhr am Stammtisch. Weil Vollmond, weil Dezember, weil Jahresende, weil 13. Monatslohn. Er bestellt jede halbe Stunde eine Flasche Bier. Das heißt, ab 18:45 Uhr befindet er sich im kritischen Bereich. Spätestens jetzt würde Riccarda beim Fränzi aufschlagen, schauen, dass der Georg was hinter die Kiemen kriegt, ihm zu den Bieren noch zwei Schnäpse nachreichen, damit sie ihn widerstandslos aus der Beiz schaffen kann, bevor Max nach der Tagesschau auf einen Schlummertrunk kommt. Max, der Mann von Georgs Ex. Der einzige Porschefahrer im Tal. Der Bauunternehmer mit Fäusten wie Vorschlaghämmer. Aber Riccarda ist nicht zur Stelle und so steigert sich Georg spätestens ab 20:15 Uhr, beim achten

Bier, in eine Fluchorgie, die ihresgleichen sucht. Weil das nichts bringt, fängt er an, beiläufig Bierdeckel nach Max zu werfen. Dann Zahnstocher. Dann Weihnachtsdekogebastel. Irgendwann sagt Max zwei Worte: »Hör auf!« Jetzt wirft Georg einen Stern aus Altholz, den Max locker aus der Luft fischt und mit einer einzigen schnellen Bewegung auf Georgs Wurfhand schlägt. Da bricht mit Sicherheit was dabei, und aus der Rissquetschwunde sprudelt Georgs Blut. Aber der merkt das gar nicht, weil er aufspringt und den Stuhl hochzieht, mit dem er dem Max den Schädel einschlagen will. Doch dazu kommt es nicht. Max bricht ihm mit einem einzigen Schlag die Nase. Noch mehr Blut. Aber Georg gibt nicht auf, bis Max' Faust seitlich ins Gesicht eindringt. Ein klarer Fall für die Kieferorthopädie. Georg kippt um und reißt die Vitrine mit den Kuchen von vorvorgestern mit. Das setzt eine Kettenreaktion in Gang, an deren Ende auch das Glas mit dem Geld und den Scheinen für die Weihnachtslotterie auf dem Boden zerschellt. Das Startsignal für alle anderen, sich ins Getümmel zu stürzen.

Als Polizei und Sanität abgerauscht sind, fragt einer der Abgekämpften, was allen auf der Zunge liegt, aber noch niemand ausgesprochen hat: »Und warum ist jetzt eigentlich die Ricci nicht rechtzeitig gekommen?«

»Ach, die? Ja, die ist in den Ferien«, sagt Fränzi und pustet sich eine Strähne aus dem Gesicht. Sie sitzt auf einem heilgebliebenen Stuhl, klammert sich dabei an den Stiel eines Besens, als ob er das Steuer wäre, das noch herumgerissen werden könnte.

Es ist, als seien durch Riccardas Ferienabwesenheit die Tore zur Unterwelt geöffnet worden. Als hätten alle bösen Weihnachtsgeister seit Jahren auf diesen Moment gewartet, um hier und jetzt aus Weihnachten, dem Fest der Liebe, das Fest der Hiebe zu machen. Riccarda hat es kommen sehen. Aber das macht sie auch nicht wirklich glücklich.

Am nächsten Tag hocken die Alpendohlen auf den Dächern, starren und schreien. Die Vorboten des Sturms, der durchs Tal ziehen wird. Als das Schneetreiben kurz vor 21 Uhr einsetzt und mit einem Schlag den Mond verdunkelt, klebt Benni auf der einzigen Zufahrtsstraße, etwa zwei Kilometer außerhalb des Dorfes, auf der Geraden, wo man mal für ein paar hundert Meter so richtig Gas geben kann. Hände, so blau wie der Hosenboden, alles fest mit dem Asphalt verbunden. Um seinen Hals hängt ein Schild *Friedens-Künstler Benni rettet die Welt!* Um halb zehn ist immer noch kein Auto vorbeigekommen, das er hätte aufhalten können. Was er gar nicht will, der Benni. Er will nur eins, weg und diese Nacht überleben. Er hat aufgehört zu schreien und tut alles, um den Schnee abzuschütteln. Wohl wissend, dass seine Silhouette bald gänzlich mit dem Hintergrund verschmolzen sein wird – was ein Paradoxon ist, da ja der Schnee gerade nicht schmilzt, sondern Zentimeter um Zentimeter ansetzt und liegenbleibt. Eher ungünstig, wenn man mitten auf der ungepflügten »Dorfautobahn« sitzt. Bald sieht Benni aus wie Olaf aus *Frozen*. Die Nase wie eine Karotte. Der ganze Rest in Weiß. Aber das dämliche Grinsen im Gesicht fehlt. Da nähern sich Blaulichter. Benni nimmt das erst mit Erleichterung zur Kenntnis, dann mit wachsendem Entsetzen. Die sich nähernden Fahrzeuge machen keine Anstalten abzubremsen. Er kann es nicht wissen, aber sie sind zu einem anderen Einsatz unterwegs, der in die Dorfgeschichte eingehen wird.

An der großen Tanne neben der Turnhalle baumelt nämlich kopfüber die dürre Gestalt des pensionierten Lehrers Häberli. Sein nackter, rechter Fuß ist an einem Klettertau aus der Turnhalle fixiert. Daran ist er hochgezogen worden, bevor ihn jemand als Boxsack benutzt hat. Mit dem ledernen Medizinball vermutlich, der blutverschmiert unter dem Baum liegt. Riccarda weiß sehr wohl, wer dieser Jemand ist. Und sie hätte das alles verhindern können, weil sie Häberlis Gewohnheit kennt, nach dem Abendessen einen kleinen Rundgang zur Turnhalle zu machen, die außerhalb des Dorfes steht. Sie kennt auch Gerris Geschichte und als Präsident vom Turnverein hat der natürlich einen Schlüssel für die Turnhalle. Häberlis Weg führt den Alt-Lehrer genau an Gerris Haus vorbei. Aus diesem Grund hat sie ein Arrangement mit der Nachbarin. Die arbeitet zuverlässiger als jeder Bewegungsmelder. Sobald Gerri das Haus zwischen 18 Uhr und 18:15 Uhr verlässt, kriegt Riccarda von ihr eine SMS aufs Diensthandy. Sie setzt sich dann in ihren Unimog und fährt die Spazierstrecke vom Häberli ab. Sollte sie dabei den Gerri antreffen, verwickelt sie ihn so lange in ein Gespräch, bis der Alte sicher zurück im Dorf ist. Aber ihr Diensthandy liegt eingesperrt neben der Pistole und dem anderen Kram im Schrank. Später wird Riccarda die verpasste Nachricht mit einem denkbar schlechten Gewissen löschen.

Gerri hat nie ein Geheimnis draus gemacht, was passieren wird, falls er dem Häberli, diesem Scheiß-Sadisten, mal alleine im Mondschein begegnet. Nie würde er ihm vergessen, wie er ihm beim Klettern am Tau jeweils in die Waden und Oberschenkel gekniffen hat, bis es blaue Flecken gab. Wenn der Gerri das erzählt, fängt er an zu zittern und man kann förmlich zusehen, wie der bäumige Fünzigjährige zu einem Häufchen Elend wird. Als ob man in einer Müllpresse die Luft aus einem dieser ledernen Medizinbälle drückt. Auch mit Medizinbällen hat Gerri schlechte Erfahrungen gemacht. Der Häberli liebte Wurftraining mit diesen stinkigen Lederbällen, die eigentlich für Kinder viel zu schwer sind, als Partnerübung. Gerri, der Überzählige, bekam es in der Regel mit dem Lehrer selbst zu tun, der bei ungerader Anzahl nur zu gerne einsprang und der Turnklasse das 1. Newton'sche Gesetz mit seinem »Sparringpartner« in der Praxis demonstrierte. Er katapultierte den Fünfkiloball mit solcher Wucht auf Gerris Brust, dass es diesen drei Meter nach hinten schleuderte. »Seht ihr, Jungs«, rief der Lehrer dann triumphierend, »das ist jetzt eben das Trägheitsgesetz!« Wie oft Gerri wohl den Medizinball auf den baumelnden Lehrer warf, bis er genug hatte?

Ebendieses Trägheitsgesetz zeigt seine volle Wirkung, als der Polizist im vordersten Einsatzwagen auf der »Dorfautobahn« eine Vollbremsung einleitet. Seine Erfahrung, sein Training, die technischen Möglichkeiten des Fahrzeugs und die nigelnagelneuen Winterreifen retten Benni das Leben. Knapp. Benni wird später behaupten, es habe nur noch ein Blatt Papier zwischen der Kühlerhaube und seinem Gesicht Platz gehabt. Der Polizist wird zu Protokoll geben: 34 cm. Der nachfolgende Kollege schrammt am Heck des Vorausfahrenden vorbei. Zum Glück. Hätte er es getroffen, wären für Benni jegliche Diskussionen über Distanzen hinfällig geworden. 15 Meter Weidezaun, eine Windschutzscheibe und formgebende Karosserieteile gehen dabei drauf. Nummer Drei, die Notärztin, mäht den Rest des Zauns nieder, gibt zu viel Gegensteuer und trifft mit dem Vorderrad auf was Hartes, Eingeschneites. Newton hätte seine helle Freude daran gehabt, wie es den Wagen zweimal überschlägt. Das Ganze erinnert an Szenen aus *Blues Brothers* oder einem Tarantino-Film. Die Fahrzeuge der Feuerwehr können rechtzeitig anhalten. Mittlerweile sieht man von Weitem, dass kein Durchkommen mehr ist. Blau-Orange-blinkendes Schneetreiben. Scheinwerferstreifen am Horizont.

Es braucht Unmengen von Speiseöl, das erst organisiert werden muss, um Benni endlich von der Straße zu kriegen. Das Wundermittel gegen Klimakleber wird auf der kalten Straße praktisch sofort fest. Die Flüche, mit denen der Unglücksrabe eingedeckt wird, reichen für ein ganzes Leben.

Apropos Leben: Jenes vom Alt-Lehrer Häberli hängt buchstäblich am seidenen Faden, in diesem Fall einem stabilen Klettertau, als ihn die Feuerwehr doch noch vom Baum holt. Auch er überlebt die schicksalhafte Schneenacht. Wer ihn indessen in diese Situation gebracht hat, wird er Zeit seines nicht mehr so langen Lebens niemandem erzählen. Aus Gründen. Auch Klimakleber-

Benni, ab jetzt »KKB«, hält dicht, nimmt Spott, Häme und Strafverfahren in Kauf. Auch er hat seine Gründe, die er allerdings vor Riccarda nicht lange verbergen kann. Sie weiß genau, dass noch nicht mal Benni so bekloppt ist, sich nachts auf die Zufahrtsstraße zu kleben. Am Vorabend nämlich hatten sich alle fünf Protestjugendlichen des Dorfes bei Nick getroffen, der sturmfrei hatte. Sein Vater zerlegte mit den anderen gerade Fränzis Mobiliar, seine Mutter, vollkommen dem Konsumwahn erlegen, tingelte in Deutschland durch die Weihnachtsmärkte. Das »Komitee«, wie sie sich nennen, war vollständig erschienen und hatte einiges zu besprechen. Was man gegen die sinnlosen Fahrten an Weihnachtsmärkte unternehmen könne, zum Beispiel. Oder wie man die Gemeinde zwingen könne, die Weihnachtsbeleuchtung nachts auszuschalten. Sie unterhielten sich auch darüber, wie sie Lars davon abhalten konnten, lächerliche CO_2-Zertifikate an KMUS zu verticken. Beim Traktandum *Allgemeine Umfrage* kam Benni auf sein Lieblingsprojekt zu sprechen: Kunst gegen Rechts.

»Jetzt auf Weihnachten hin könnten wir doch endlich mal ein Zeichen gegen die verdammten Nazis setzen, oder? Aus hingeschmierten Hakenkreuzen Weihnachtssterne machen oder Bilder von Insekten oder dem Zauberwürfel oder meinetwegen auch moderne Kunst. À la Mondriaan vielleicht?«

Aber wie immer verdarb ihm Birgit die Freude, diese Klugscheißerin: »Hör mal, Mondriaan ist ja schon 1944 gestorben. Von wegen modern. Und hast du schon mal ein Foto von dem gesehen?«

Benni schüttelte resigniert den Kopf, derweil Birgit

schon ihr Handy zückte, kurz was tippte und dann rumzeigte. »Ich sag nur Hitlerschnauz. Und außerdem nennt man es nicht Hakenkreuz, sondern Swastika, im Fall.«

Damit war Benni die Lust vergangen. Er ging und kam bald darauf bei der Dorfbeiz vorbei. Er war einer der ersten, der erfuhr, dass Ricci in den Ferien ist. Da war schnell ein Plan geboren, nun, da er sicher sein konnte, dass die ihm nicht dazwischenfunkt. Was sie immer tut. Es ist ihm ein Rätsel, wieso die immer auftaucht, bevor das Komitee die geplanten Aktionen umsetzen kann. Er hat sich schon gefragt, ob sie einen Maulwurf hätten. Nun denn, diesmal würde er sich nicht davon abhalten lassen, Hakenkreuze mit Kunst zu entnazifizieren, sie auf subtile Art in etwas Positives zu verwandeln. Blöd nur, dass es im ganzen Dorf keine einzige Nazi-Schmiererei gab. Aber das konnte er ja ändern. Tags darauf machte er sich beim Eindunkeln auf den Weg. In der Tasche eine rote und eine schwarze Sprühdose. Beim Altglascontainer hatten sie ihn am Wickel. Jemand musste ihn beobachtet haben und es dem Lars gesteckt haben, der mit seinen beiden Nazikumpels aufkreuzte und kurzen Prozess machte. Tja, und so war Benni eben auf der »Dorfautobahn« gelandet.

Riccarda weiß das inzwischen alles, weil sie ihre Pappenheimer kennt. Außerdem gibt es tatsächlich einen Maulwurf im Komitee. Sie hat Birgit mal am Dorffest aus einer misslichen Lage befreit. Die hatte den Fehler gemacht, mit zwei Typen aus dem Unterland das Bierzelt zu verlassen, um mit ihnen hinter dem nahen Stall einen

Dübel zu rauchen. Da gingen die beiden dann schnell zur Sache und hatten schwuppdiwupp die Hosen unten. Das Ganze fand keine zehn Meter von Riccarda entfernt statt. Sie postiert sich bei solchen Gelegenheiten jeweils gut getarnt mit ihrem schwarzen Gefährt neben der Holzbeige bei ebendiesem Stall und macht es sich auf der Ladefläche in einem Campingstuhl bei Bier, Käse, Wurst und Brot gemütlich. Von dort hat sie den perfekten Überblick, dank des Nachtsichtgeräts auch über die dunklen Zonen. Sie brauchte also bloß runterzuspringen und war mit ein paar Schritten am Ort des Geschehens. Dort machte sie »Puh!« und dann »Lauf!«, womit sich alle drei in Bewegung setzten. Und bekanntlich ist eine junge Frau mit Rock oben deutlich schneller als Hornochsen mit Hosen unten. Birgit entkam locker und Riccarda, im schwarzen Tarnanzug, grätschte die Typen nicht ganz regelkonform um. In einem Fußballspiel hätte es die Rote Karte gegeben – mit Sicherheit auch für ihr »Versehen«, in und auf Weichteile zu treten –, bevor sie mit je einem perfekten Judowurf einen nach dem anderen auf den Miststock wuchtete. Als sie mit der Mistgabel näherkam, traten den Typen fast die Augen aus den Höhlen. »Ihr müsst keine Angst haben, ihr Knalltüten«, sagte Ricarda. »Ich will hier nur etwas saubermachen und Mist muss ja von Zeit zu Zeit umgeschichtet werden.«

Es dauerte keine zehn Sekunden, da waren die beiden über und über mit Kuhscheiße bedeckt. »So Jungs, dann macht es euch mal kuschelig!«, meinte sie und stellte die Mistgabel wieder an die Stallwand. »Falls noch was ist, ich bin gleich da drüben.«

Es ist der 18. Dezember, eine knappe Woche vor dem Heiligen Fest. Der vierte Ferientag. Im Dorf hat sich eine neue Zeitrechnung etabliert. Die Gläubigen fangen an zu beten. Die Ungläubigen schütteln ungläubig die Köpfe. Nicht wenige aus beiden Lagern greifen zum Telefon und verlangen den Chef des Stützpunkts, um ihm kritische Fragen zu stellen und die Meinung darüber zu geigen, was sie von diesem Zwangsurlaub hielten. Mindestens drei greifen in die Tasten und schreiben, von heiligem Zorn getrieben, Leserbriefe. Das könne ja nicht sein, dass man die einzige Dorf-Polizistin ausgerechnet vor Weihnachten in den Urlaub schicke, wo doch alle Welt wisse, dass gerade diese friedliche Zeit von Gewalt geprägt sei. Das ginge doch nicht und wo käme man denn da hin?

Derweil hat der aktuelle Dorflehrer eine grandiose Idee für eine kreative Hausaufgabe. »Stellt euch vor, liebe Kinder, ihr wärt heute nach Schulschluss alle für eine Stunde unsichtbar. Was würdet ihr tun?« Schon gehen die Hände in die Höhe. Die Schülerinnen und Schüler platzen fast vor Kreativität. Aber der Lehrer will noch keine Antworten. »Stopp, stopp, stopp! Ihr sollt das nämlich nach der Schule gut überlegen und dann als Hausaufgabe aufschreiben. Ein A4-Blatt doppelseitig. Und möglichst echt, gell? Vielleicht geht ihr irgendwo hin, wo ihr gerne unsichtbar wärt und stellt euch vor, was ihr dann erleben würdet.«

Noch nie hat es im Dorfladen an einem einzigen Tag, besser gesagt in einer einzigen Stunde, derart viele

Ladendiebstähle gegeben. Eigentlich war nach Schulschluss überhaupt noch nie was weggekommen, weil Riccarda zufällig mit der Schulglocke ihr schwarzes Monster auf den Parkplatz vor dem Laden fährt. Sie macht den täglichen Einkauf für ihren Onkel und weiß, wie sie das timen muss, um den Mythos am Leben zu halten. Er wird von jeder Generation der Großen bei der Einschulung an die Kleinen weitergegeben. Einmal, so erzählen sie sich, einmal habe der Johnny, also der Coolste ever, mit Beat, aka das Biest, und Sandy, aka der Sandmann, gewettet, er könne zwanzig Bazooka-Kaugummis mitlaufen lassen, ohne dass die hohle Nuss, aka die Ladenbesitzerin Dorli, irgendwas merken würde. Er habe die Wette gewonnen, aber am Ende die Rechnung ohne Riccarda, aka Sheriff, gemacht. Die habe ihn vor dem Laden abgefangen, als er sich gerade das Geld seiner Kumpels in die Tasche steckte und zu ihm gesagt: »Hey, Johnny-Bonny, wie wär's mit einer weiteren Wette?«

»Wieso weitere Wette?«, hätte der dreckig grinsend geantwortet.

»Egal, jedenfalls wette ich mit dir, dass du keine zwanzig Bazooka-Kaugummis gleichzeitig kauen kannst.«

»Easy«, sagte Johnny. »Was ist der Einsatz?«

»Wenn du es schaffst, kriegst du die 20 Kaugummis umsonst und gewinnst dazu ein kostenloses Jahresabo auf Bazookas. 365 Stück. Und als Zugabe stelle ich mich morgen auf den Pausenplatz und hänge mir ein Schild um den Hals, auf dem steht: ›Johnny ist so krass. Er ist mein absoluter Held. Bazooka-Hero!‹«

»Echt jetzt?«

»Aber sischerlisch. Darauf kannst du einen lassen. Ich meine ... Falls du kannst. Kannst du?«

»Ähm ...?

»Du willst bestimmt wissen, was dein Wetteinsatz ist, nicht?«

»Ähm ...?«

»Falls du es nicht schaffst, bezahlst du die 20 Bazookas, die in deiner Tasche stecken, also in der anderen, nicht in der, in die du das Geld von deinen unterbelichteten Schoßhündchen gesteckt hast, und stellst dich morgen im Laden an die Kasse mit einem Schild um den Hals, auf dem steht: ›Ich, Johnny, möchte kein verdammter Kleinkrimineller sein. Deswegen möchte ich meine Schulden begleichen und entschuldige mich für mein Versehen, die 20 Kaugummis nicht bezahlt zu haben.‹«

»Ähm ...?«

»Einverstanden, Hosenscheißer?«

»Ähm ...?«

»Und Kleinkrimineller schreibt man im Fall mit zwei L, gell.«

»Also gut, ich mach's.«

»Okey-dokey, Johnny-Bonny.«

Sie habe dann in die Hand gespuckt und darauf bestanden, dass Johnny es ihr vor dem Handschlag gleichtue. Ein Pakt mit dem Teufel sei das gewesen, denn der arme Kerl hätte keine Chance gehabt. Nach sieben Kaugummis habe er sich auf die Schuhe gekotzt und sei heulend weggerannt. Aber am nächsten Tag habe er tatsächlich den Wetteinsatz eingelöst.

Aber an diesem Tag, da der Lehrer diese unbedachte Hausaufgabe gibt, ist Riccarda eben nicht zur Stelle und der Lehrer hat ja zu seinen Schützlingen gesagt, sie seien unsichtbar. So schnell geht ein Mythos vergessen. Die kleinen Biester räumen in einer Maßlosigkeit und in einer Unverfrorenheit Gestelle leer, die schon als bandenmäßige Plünderung bezeichnet werden sollte. Dorli, die den Laden führt, hat der Kinderhorde nichts entgegenzusetzen. Sie sitzt fix und fertig an der Kasse und versucht mit ihrem Handy so viele Banditen wie möglich zu filmen. Die oberschlaue Luana stellt sich sogar vor die Kamera und spricht mit dieser piepsigen Babyclownstimme: »Du kannst uns gar nicht filmen. Wir sind nämlich unsichtbar. Hihi!« Der Letzte, der zu entwischen versucht, ist Lukas, Dorlis Neffe. Sie packt ihn am Kragen, schließt den Laden ab und ruft ihre Schwester an, die fünf Minuten später vor Ort ist. Unter dem Druck der beiden Frauen legt Lukas einen fast lückenlosen Bericht ab mit der kleinen, aber entscheidenden Pointe, dass der Lehrer an allem schuld sei. Er habe sie schließlich dazu aufgefordert, Dinge zu tun, die man nur tut, wenn man unsichtbar ist. Also wie Harry Potter oder das Christkindli. Nur hätten sie nichts zu verteilen gehabt, also hätten sie halt was mitgenommen. Nun, da er darüber nachdenke, meint Lukas, hätten sie überhaupt nur deswegen alles mitgenommen, damit sie die Sachen an die Bedürftigen verteilen könnten. Gerade jetzt in der Weihnachtszeit müsse er immerzu an die armen Flüchtlingskinder denken. An diesem Abend kommt es im Schulhaus zu einem denkwürdigen, spontanen Elternabend, der allen, aber wirklich allen, Anwesenden die Lust auf Weihnachten nachhaltig verdirbt und einen weiteren Einsatz mehrerer Polizeipatrouillen erfordert, weil alle total eskalieren, sich solange gegenseitig hochschaukeln, bis wortwörtlich die Fetzen fliegen.

Langsam aber sicher sei die Stimmung auf dem Stützpunkt am Kippen, meint Bea, als sie tags darauf Riccarda von dem letzten Einsatz berichtet. Das gehe nicht mehr lange, bis die ersten einen auf krank machen würden. Und dann stünden ja auch die Festtage an, wo der Streifendienst eigentlich reduziert fahren sollte. Es sieht aber nicht gut aus, sagt sie ihr am Privathandy. Weil so viele Einsatzkräfte im südlichsten Teil des Kantons feststecken, nehme Zahl und Schwere der Delikte auch andernorts zu. »Ist die Katze aus dem Haus ...«

»Wem sagst du das!«, meint Riccarda. Sie steht vor ihrem »Feriendomizil«, blickt zum Dorf hinunter und ist versucht, wieder mit dem Rauchen anzufangen. Da hört sie einen Schuss, der vom Rand des Dorfes zu kommen scheint. »Bea, du kannst schon mal durchgeben, die nächste Streife solle sich bereithalten. Hoffen wir, der Kürti hat auch diesmal Platzpatronen geladen, um Wolf, Luchs oder Bär und, wenn es nach ihm ginge, auch die ganzen Grünen zu vergrämen. Weißt du, der Kürti, der hat ein hohes Sicherheitsbedürfnis. Den musst du zwischendurch etwas beruhigen und ihm auch die Möglichkeit bieten, aktiv für Sicherheit zu sorgen. Dampf abzulassen. Er ...«

»Wart schnell!«, sagt Bea und verlegt ihre Freundin kurz in die Warteschleife. »Ah«, Bea ist wieder da, »doch keine Platzpatronen. Dieser Kürti hat wohl den

Schäferhund der Nachbarn erschossen. Er habe ihn für einen Wolf gehalten. Wenigstens hat er sich gleich selber angezeigt. Und das solle auch ja in die Zeitung, sodass alle Welt sehen könne, wozu die Grünen friedliebende Menschen wie ihn gebracht hätten.«

Der verbleibende 19. und auch der 20. Dezember ziehen verhältnismäßig ruhig ins Land. Abgesehen von einem kleinen Feuerwehreinsatz. Küchenbrand beim alten Söphie. Sie schmilzt jeweils vor Weihnachten die Überreste sämtlicher Adventskerzen ein, um daraus eine, wie sie sagt, »herrliche Weihnachtsfesttagskerze« zu gießen. Weil sie sich bei solchen Tätigkeiten erschöpft, legt sie sich in einem Anflug von Amnesie »kurz« auf ihr Sofa in der Wohnstube. Alle wissen das und deswegen guckt immer mal wieder jemand unaufgefordert bei ihr rein – üblicherweise auch Riccarda – und weckt sie, bevor sich die Alte selber einäschert. Aber das geht diesmal irgendwie vergessen, weil alle damit beschäftigt sind, ihre Wunden zu lecken oder verzweifelt versuchen, sich irgendwie doch noch in Weihnachtsstimmung zu versetzen. Und Riccarda kommt ja auch nicht. Aber sie hat immerhin durch ihren Feldstecher den Rauch hinter Söphies Küchenfenster gesehen und dem Onkel Fredi gesagt, er solle zur Sicherheit doch mal die Feuerwehr vorbeischicken und den Nachbarn Bescheid geben, damit sie das alte Söphie rausholen, den Herd ausmachen, ein nasses Tuch auf die Pfanne legen und die Fenster öffnen.

Dann kommt die Wintersonnenwende, Thomas-Tag, Beginn der Raunächte. Für manche magischer als Weihnachten selbst. Auch im Bergdorf tragen nicht wenige in selbstgefilzten Pantoffeln glimmende Räucherkräuter durchs Haus. Doch die haben das im Griff, da macht sich Riccarda keine Sorgen. Die Nazis sowie das Komitee stellen sich vorderhand tot. Die Beiz ist wegen der Renovation eh zu. Die Schulferien haben begonnen. Sie fragt sich, was noch vorfallen könnte. Am ehesten Alkoholfahrten nach Betriebsfesten oder Eskalationen bei Familienfeiern. Nie im Leben kommt sie drauf, dass sich in ebendiesem Moment gerade mal hundert Meter von ihrer verwaisten Wohnung entfernt, ein Drama anbahnt. Unter ihrem Radar sozusagen hat sich da etwas hochgeschaukelt, mit dem niemand gerechnet hat.

Erika und Fridolin: Bilderbuchehe, Vorzeigepartnerschaft, Role Models für reifere Glückseligkeitspaare in der TV-Werbung, Inbegriff von harmonisch in Monogamie lebenden Cis-Menschen, wenn auch Sexualität nicht mehr praktizierend, solider Background: Kinder, Enkel, Häuschen, 50-Prozent-Job, Facebook-Account: Follower von Vreni Schneider – und weiteren Menschen, die Vreni Schneider folgen –, Pensionierung ist angedacht.

Was niemand weiß, ist, dass Fridolin seit Längerem einen Befreiungsschlag plant. Im Laufe des Sommers hat er still und heimlich festgestellt, dass er im tiefsten Inneren, unter seiner behäbigen Kruste, ein abenteuerlicher Mensch ist, ja immer schon einer gewesen, und im Grunde genommen nicht auf den hausmütterlichen Typ steht, sondern mehr so auf Peitschen knallende Amazonen im Wonder-Woman-Kostüm oder im Tanktop à la Lara Croft. Ja, es gibt sie in echt, diese absolute Überfrau. Und sie ist an ihm interessiert – ja! Sie schreibt ihm auf dem Insta-Kanal, den er vor seiner Frau verheimlicht. Und weil »Praline-29«, wie sie sich nennt, als Studentin ihr ganzes Geld in die Forschung gegen Alzheimer steckt, ein reparaturanfälliges Auto hat, ihre Diabetes kranke Großmutter pflegt sowie ihre jüngeren Geschwister unterstützt, schickt er ihr ab und an Geld. Also Bitcoin. Ja, und nun plant sie eine Afrikareise, um das Denguefieber auszurotten. Und Fridolin ertappt sich dabei, wir er sich durchaus vorstellen könnte, sie zu begleiten. Sie beide in der Simba Sanaa Lodge unter dem Moskitonetz …

Mehr und mehr ist Fridolin zur Überzeugung gelangt, dass seine Erika, kein wirklich fürsorglicher, liebenswürdiger Mensch ist, sondern ein Hausdrache, unter dessen Fuchtel das Leben zur Hölle geworden ist, eine Tyrannin, die ihn knechtet, zu diesem langweiligen Hanswurst gemacht hat. Also hat er beschlossen, sie umzubringen. Er weiß noch nicht genau, wann, aber ganz genau, wie. In einem großen Weck-Glas sammelt er seit Monaten Arsenicum Globuli der höchsten Potenz, die er im Internet kriegen kann: C30'000. Damit wird er sie ins Jenseits befördern, vergiften mit Homöopathie, die umso gefährlicher ist, wenn man absolut keine Wirkstoffe mehr nachweisen kann. Das perfekte Verbrechen. Arsen, 30'000 Mal im Verhältnis von 1:100, mit der zillionenfachen Wassermenge des Bodensees, verdünnt. Wahnsinn. Absolut tödlich. Dürfte eigentlich gar nicht verkauft werden.

Noch viel länger als Globuli sammelt Fridolin Lego. Also Lego-Sets aus seiner Kindheit. Er hat mittlerweile eine beachtliche Sammlung. Schwerpunkt Fahrzeuge, wobei er auch vor Luftfahrzeugen nicht zurückschreckt. Letzte Woche hat er den absoluten Knaller erstanden, was seine Erika aber so nicht wissen darf. Aus einer Konkursmasse heraus werden häppchenweise originalverpackte, ungeöffnete Sets angeboten. Er hat zugeschlagen und sich für über tausend Franken die legendäre Dampflok 126 ersteigert. Sie muss diese Tage eintreffen. Sein eigenes, höchstpersönliches Geburtstagsgeschenk, für das er in der Vitrine bereits Platz geschaffen hat.

Fridolin macht gerade sein Mittagsschläfchen, als die Paketpöstlerin klingelt. So nimmt Erika das Paket entgegen und reißt das Papier gedankenverloren runter. »Ach, der Fridolin«, murmelt sie lächelnd vor sich hin. »Hat er mal wieder heimlich alte Lego gekauft.« Dabei erinnert sie sich an ein Gespräch neulich mit ihrer Freundin Petra über Reinigungsmöglichkeiten von alten Legosteinen. Spontan beschließt sie, ihrem Göttergatten eine Freude zu machen. Er hat ja bald Geburtstag.

Als Fridolin erwacht, ist Erika weg. »Bin einkaufen fürs Fest am Wochenende«, hat sie ihm notiert. Er geht in die Küche und startet die Kaffeemaschine. Da fällt sein Blick auf die geöffnete Originalverpackung der Dampflok 126. Wie in Trance guckt er hinein. Gähnende Leere. In seinem Gehirn finden gerade keine klaren Gedanken zusammen. Er irrt wie ein Zombie durch die Wohnung, runter in den Legokeller, rauf in den Legoestrich, ins Schlafzimmer, sucht überall und kehrt vollkommen verstört in die

Küche zurück. Dort fällt ihm auf, dass der Geschirrspüler läuft, was zu dieser Tageszeit ungewöhnlich ist. Er reißt die Maschine auf. Es dampft und spritzt. Da, in Erikas BH-Wäschenetz, findet er zwischen dem Mittagsgeschirr die Kleinteile seiner Dampflok 126, deren Wert sich eben auf homöopathische Dimensionen verdünnisiert hat.

Da beschließt er, dass es Zeit ist, das Weck-Glas aus dem Versteck im Lego-Keller zu holen. Er will etwas backen, das er mit Hagelzucker bestreuen kann. Also sucht er nach Rezepten und Zutaten, wobei er ein Chaos veranstaltet. Aber nun ist eh alles egal. Er entscheidet sich für einfache Zuckerkringel, nimmt schon mal das Weck-Glas in die Hand und löst den Deckel. Da steht plötzlich Erika in der Tür, schwer beladen mit dem Einkauf, den sie auf zwei Taschen verteilt hat. Fridolin lässt vor Schreck das Glas fallen. Erika rollt mit den Augen, macht einen energischen Schritt in die Küche und tritt dabei auf tausende superpotenter Globuli, die von Hagelzucker kaum zu unterscheiden sind. Ohne die Taschen loszulassen, vollführt sie einen halben Salto rückwärts und knallt mit dem Genick derart unglücklich auf die Türschwelle, dass sowohl Atlas als auch Axis nachgeben.

›Da soll mal einer sagen, Homöopathie sei wirkungslos‹, geht es Fridolin durch den Kopf, als er seiner Frau beim Sterben zusieht. Und strenggenommen, so die nächste Erkenntnis, ist das noch nicht mal Mord, noch nicht mal versuchter Mord, noch nicht mal eventualvorsätzlicher Irgendwas, sondern ein profaner, saudummer Unfall beim Backen, beziehungsweise beim Gehen – der gefährlichsten Tätigkeit überhaupt.

Nichtsdestotrotz rasen einmal mehr Einsatzfahrzeuge das Bergtal hoch. Diesmal ist auch die Untersuchungsrichterin dabei, die sich während der Fahrt die Klagen der Beamten anhört und noch am selben Abend den Stützpunktchef anruft, um ihm gehörig die Kappe zu waschen.

Am 22. Dezember steht Riccardas Chef mit einem Blumenstrauß vor Fredis Türe. Handyortung sei Dank.

»Hoi, Peter«, sagt Riccarda, als sie öffnet.

»Hallo, Riccarda», sagt ihr Chef und nimmt dabei die Mütze ab.

»Wird das jetzt ein Heiratsantrag oder was?«

»Wo denkst du hin? Ich meine … Ich würde ja schon. Aber …«

»Schon gut, Peter, gib dir keine Mühe. Komm rein. Fredi freut sich immer über Blumen von attraktiven Männern in Uniform.«

»Immer für ein Späßchen bereit, oder?«, sagt Peter und fragt tatsächlich, ob er sich die Schuhe ausziehen soll. Wer, bitte schön, würde bei Fredi freiwillig die Schuhe ausziehen wollen?

Dieser zwingt den Stützpunktchef, am Küchentisch einen Schnaps zu trinken. Die ganze Zeit hält dieser dabei den Blumenstrauß in der Hand, was dermaßen bescheuert ausschaut, dass Riccarda zwischendurch aufs Klo muss, um sich einen abzulachen. Endlich spuckt er's aus:

»Riccarda …«

»Ja?«

»Nach reiflicher Überlegung bin ich zum Schluss gekommen …«

»Ja?«

»Dass es vielleicht doch keine so gute Idee war, deinen Posten zu schließen ...«

»Ja?«

»Und ich krieg das schon irgendwie hin mit den ...«

»Ja?«

»Na ja, nennen wir sie Sesselfurzer. Also was ich sagen will, ist ...«

»Ja?«

»Willst du nicht weiterhin für uns hier im Dorf arbeiten?«

»Muss ich da nun Ja oder Nein sagen, wenn du eine negative Frage stellst? Da bin ich grad etwas überfordert.«

Riccarda bekommt von Fredi einen Tritt unter dem Tisch, während der Stützpunktchef an seiner Rhetorik arbeitet:

»Willst du, liebe Riccarda ...«

»Ja?«

»... hier weiterhin den Dorf-Sheriff machen?«

»Ja! Und, darf ich dich jetzt küssen?«

Selfie-Box

Zwischen all den SUVs sieht der dunkelgrüne Passat einfach scheiße aus‹, denkt Max. ›Ob er ihn umparkieren soll?‹ Doch da stehen schon die Gastgeber in der Tür ihres Ferienhauses und grinsen. Dann Küsschen links, Küsschen rechts, Küsschen links. Neunmal im Ganzen. Weil Frauen Frauen küssen, Frauen Männer küssen, Männer Frauen küssen, aber Männer auf gar keinen Fall Männer küssen, sondern diesen festen Händedruck praktizieren und sich beim Reingehen gegenseitig auf die Schultern klopfen.

›Was für eine protzige Treppe!‹, denkt Max. ›Und wie affig federnd dieser Benedikt die Stufen nimmt!‹ Max regt das alles auf hier. Nicht seine Liga. Er ist nur mit, weil Karin ihn, wie bereits die letzten Jahre, dazu gezwungen hat. Sie und Manuela besuchten vor über dreißig Jahren zusammen das Lehrerseminar in Sargans. Die eine hat später einen kantonalen Verwaltungsangestellten geheiratet, mit dem sie zwei erwachsene Kinder hat, arbeitet immer noch Teilzeit als Primarlehrerin und bewohnt ein Reihenhäuschen in einem Schattenloch am Walensee. Die andere hat eine Koryphäe von einem Zahnarzt abbekommen, stellt sich als Helikoptermutter in den Dienst ihrer siebzehnjährigen Tochter Joseline, residiert unter der Woche in einem 400-Quadratmeter-Haus auf der Sonnenseite des unteren Zürichsees, der »Goldküste«, und verbringt die Wochenenden im »Häuschen« in den Flumserbergen mit Blick über das Sarganserland, den Walensee und auf die Churfirstenkette.

Trotz der Standesunterschiede haben die beiden Frauen nie aufgehört, ihre Freundschaft zu pflegen. Dazu gehört unnötigerweise das vorgezogene Weihnachtsfest im Ferienhause »Dr. med. dent. gros. koz. Ziltener«. Die eigentlichen Festtage verbringen die Gastgeber abwechslungsweise in St. Moritz, Zermatt oder Gstaad. Auch Max und Karin wollen Weihnachten zum ersten Mal nicht daheim, sondern im Piemont verbringen: tagsüber Beziehungsarbeit, abends Schlemmen. In zwei Tagen soll es losgehen.

Der Wohnraum mit den Dimensionen eines Tennisplatzes ist voll mit Leuten, an die sich Max auch nächstes Jahr nicht erinnern wird. Sie stehen in Grüppchen, Sektgläser in der Hand, lächerliche Zipfelmützen auf dem Kopf, und unterhalten sich zu angeregt für Max' Geschmack und diesen Raum: aufgeblasener Alpenchic für Städter, die im Bergchalet zwar Alp-Öhi-Romantik suchen, dabei aber ihr Bedürfnis nach Platz und Komfort keinesfalls einschränken wollen. Als ob sie sich dafür schämen, verstecken sie dann den 75-Zoll-Fernseher in einem Möbel aus Arvenholz, das sich gleich neben dem Schwedenofen befindet, der trotz Bodenheizung und der viel zu vielen Leute volles Rohr befeuert wird.

»Auch ein Cüpli?«, fragt Manuela.

»Gern. Aber ich muss dann wohl noch fahren«, sagt Karin mit einem Seitenblick zu Max.

»Für mich ein Bier bitte«, sagt Max und setzt dabei ein gleichmütiges Gesicht auf.

»Ah, das trifft sich gut«, sagt Benedikt. »Mitkommen!«

Und schon sind sie alle wieder auf der Treppe. Max hat Schwierigkeiten, den Anschluss nicht zu verlieren. ›So wuselt dieser Benedikt wohl zwischen Behandlungszimmern hin und her‹, denkt Max, ›vier Leute gleichzeitig behandelnd, Taxpunkte sammelnd. Taxpunkte! Um nicht zuzugeben, dass allein das Händeschütteln zweihundert Franken kostet.‹ Max hasst sich für seine kleinkrämerische Denkweise. Er ist und bleibt eben ein *Bünzli*. Zumindest sagt das Karin, und dann wird es wohl stimmen.

»Voilà!«, meint Benedikt stolz und zeigt auf die neue Bar mit eingebautem Zapfhahn. Max bekommt ein fast schwarzes Bier, das einen merkwürdigen Schaum macht.

»Irish Stout«, sagt Benedikt und zieht die Augenbrauen hoch. »Du kannst die Svetlana dort fragen, ob sie dir ein Kleeblatt obendrauf macht.«

Max hat die junge Dame bislang übersehen. Sie sitzt gelangweilt hinter einem Pult. Kleeblatt! Der ist gut! Max denkt bei ihrem Anblick eher an Feigenblätter und retuschiert im Geiste die störenden Textilien weg.

»Und das ist unser Selfiemat«, sagt Benedikt und zeigt auf ein Gerät, das sich als Selbstbedienungs-Sofortbildkamera mit allem Pipapo entpuppt.

»Manuelas Idee, das Ding zu mieten«, erklärt Benedikt. »Einfach vor der grünen Wand posieren, Hintergrund auswählen, Knopf drücken und warten, bis es blitzt! Das fertige Bild entnehmt ihr dem Schlitz an der Seite und klebt es ins Album. Die Verkleidungssachen sind dort drüben. Ich lass euch mal allein.«

Eine unangenehme Spannung füllt den Raum zwischen Max und Karin. Die Feigenblattfantasie und seine Aversion gegen Selbstbildnisse stehen zwischen ihnen. Und noch ein paar andere Dinge, über die Max gerade nicht nachdenken möchte.

»Vergiss es!«, sagt Max, um keine Missverständnisse aufkommen zu lassen.

Karin schnaubt, pustet sich eine Haarsträhne aus dem Gesicht, schiebt ihn beiseite, schnappt sich ein Stirnband vom Tisch und einen Tennisschläger. Dann drückt sie den Auslöser am Selfiemat und gibt vor der grünen Wand eine Martina Navrátilová, die kurz davorsteht, jemanden zu erschlagen. Das Foto klebt sie ins Album. Dabei lässt sie demonstrativ Platz für ein zweites. Ihr Blick ist unmissverständlich. Max wird nicht darum herumkommen, auch so ein beknacktes Selfie zu schießen.

Sie gehen wieder hoch. Das heißt, Karin lässt ihn stehen, und Max zottelt hinterher. Bis er oben ist, hat sie sich ein weiteres Cüpli geschnappt – es geht also im Taxi nach Hause – und sich einem Hipsterpärchen angenommen, das sich in der Nähe der Snack-Bar positioniert hat und etwas verloren wirkt. Max hört die biologische Uhr der Spätdreißigerin (oder eher Frühvierzigerin, Fragen geht ja nicht!) förmlich ticken, als sie Karin in ein Frauengespräch verwickelt. Ihr Lebensabschnittsgefährte hält Max derweilen einen Vortrag über abstrakte Kunst, Zahnfleischbluten und eine Verschwörungstheorie im Zusammenhang mit der Jodierung von Schweizer Kochsalz. Dabei blickt er immer an Max' Kopf vorbei, als ob weiter hinten das eigentliche Publikum säße. Die

Schwangere in spe holt gerade Luft, als sozusagen aus dem Nichts ein Mann um die fünfzig reingrätscht. Er scheint direkt dem Online-Katalog paarungswilliger Akademiker und Manager entsprungen zu sein.

Und er kennt Karin. Von früher. Stichwort: »Schulschatz. Aber nichts Ernstes ... kicher-kicher ...«

Mit Karins Körper geschieht Erstaunliches. So ein Bauch-Beine-Po-Brust-Gesicht-Ding. Das Hipsterpärchen verdünnisiert sich auf die andere Seite der Snack-Bar.

Hubert Schoch, der Reingrätscher, von Freunden Hubi genannt, wird Max vorgestellt. Handshake ohne Schulterklopfen mit sofortigem Blickabwenden vor dem Loslassen. Ein Kronenhirsch hat die Lichtung betreten.

»Ich muss dann noch das Selfie machen«, sagt Max, hebt dabei stümperhaft das leere Bierglas und räumt das Feld.

»Diesmal mit Kleeblatt«, sagt Max, als er Svetlana das Glas reicht. Er ist versucht, mit ihr zu flirten, als er Musikwünsche äußert: Led Zeppelin, Deep Purple oder wenigstens was von der Neuen Deutschen Welle. Sie zaubert eine alte Falco Aufnahme hervor, erklärt ihm die Bedienung der Musikanlage und ergreift die Flucht. Falco ist ein Kompromiss, findet Max, wenngleich Falco und Kompromisse eigentlich inkompatibel sind.

Max ist ganz allein. Er streift sich das Stirnband über und krallt sich den Tennisschläger. Er hält ihn defensiv unten, Backhand, als ob er Karins Hammeraufschlag abwehren wollte. Er kennt sich aus mit Tennis, denn er hat immer geschaut, wenn Federer, also ihr »Rotscher«, am Gewinnen war. Max drückt den Knopf am Selfiemat und versucht beim Countdown krampfhaft entspannt zu wirken.

Da nimmt er aus dem Augenwinkel eine Bewegung wahr. Jemand stolpert seitlich nicht nur ins Bild, sondern direkt in ihn hinein. Reflexartig lässt er das Racket fallen und fängt die Person auf. Genau in dem Augenblick, da er die splitterfasernackte, patschnasse und entsprechend glitschige Joseline, die siebzehnjährige Tochter des Hauses, umklammert, die eine Hand auf ihrer rechten Brust und die andere um ihre Taille, blitzt es.

»Öhm«, sagt Max, als er die gefallene Tochter stabilisiert, seine Hände wegnimmt und am Hosenboden trocknet. Feigenblätter wären nun mehr denn je vonnöten.

»Ups«, sagt Joseline und kichert wie blöd. »Haha-Hallenba-ad!« Sie legt ihre Hand an Max' Oberkörper, öffnet den Mund, kommt noch näher und stellt sich auf die Zehenspitzen.

Max schüttelt wie in Trance den Kopf. Um sie aufzuhalten, müsste er sie anfassen. Natürlich weiß die das, die Joseline. Sie lacht auf, gibt Max einen Schubs, dreht sich von ihm weg und geht zielstrebig, wenn auch ein wenig wackelig, zum Selfiemat. Mannomann!

»Wozu ist denn dieser Kno-opf?«, fragt Joseline etwas übertrieben laut. Da blitzt es schon. »Geil! Ich habe voll den Fla-ash!«

Joseline will gleich noch mal flashen. Schon steht sie an Max' Seite und wirft sich in Pose, was ihn im Monitor dieses Mistdings irgendwie an die unselige Tutti-

Frutti-Show aus den frühen 90er-Jahren erinnert. Mit dem Unterschied, dass Joseline noch nicht mal irgendwelche Beeren oder Früchte trägt, was ihn zurück auf das Thema Feigenblätter bringt. Bevor er reagieren kann, flasht es ein weiteres Mal. Als er wieder sehen kann, huscht dieses Früchtchen aus der Tür und winkt neckisch mit dem Zeigefinger.

Max verharrt ein, zwei Momente in Schockstarre, gibt sich endlich einen Ruck und blickt an sich hinunter. Grundgütiger! Das schaut aus, als ob er sich gleichzeitig vollgepisst und vollgekotzt hätte. Bevor er sich darum kümmern kann, sieht er etwas noch viel Schlimmeres: den blinkenden Auswurf des Selfiematen. Mit zitternden Händen entnimmt Max die Fotos.

»Wow!«, entfährt es ihm, was irgendwie perfekt zu Falcos Song passt und darin verschwindet, zusammen mit Max' Hoffnung, je wieder aus dieser Scheiße rauszukommen. Wenn diese Bilder in die falschen Hände kommen ... Er erwägt, den Selfiemat komplett zu zerstören, mit dem Tennisracket in Kleinteile zu zerhacken, als es ihm wie Schuppen von den Augen fällt. Er ist die einzige Person, die sich im Besitz des kompromittierenden Materials befindet. Er zerreißt die Fotos in Kleinteile und spült sie das Klo hinunter.

Nun muss ein neues Bild her. Max dreht den Selfiemat in Richtung Bar, drückt den Auslöser und stellt sich, einen Shaker vors nasse Hemd haltend, dahinter. Das Ergebnis stellt ihn außerordentlich zufrieden. Er klebt das unverfängliche Bild neben das seiner Angetrauten ins Album und gibt sich erschöpft dem einsamen Trunk,

Falcos Songs und dem Trocknungsvorgang seiner Kleider hin.

An die Zeit bis zum Nachtessen am nächsten Abend mit Karin kann sich Max nur undeutlich erinnern. Sein Schädel brummt nicht mehr. Dafür kreisen über Karins Kopf dunkle Wolken. Sie schweigt. ›Die Ruhe vor dem Sturm‹, denkt Max und fragt sich, wann das Gewitter niedergehen wird. Da klingelt es an der Tür. Er hört gedämpfte Stimmen und dann laut und deutlich:

»Scha-atz, kommst du mal?«

Vor der Tür stehen Benedikt und Manuela.

»Ah, ihr habt das Auto gebracht. Das ist aber nett. Wollt ihr noch …«

›Irgendetwas ist falsch hier‹, denkt Max. Körpersprache. Nie die Körpersprache außer Acht lassen! Das kann ganz schön ins Auge gehen. Was es genau genommen tut. Manuela hält ein Tablet hoch. Es zeigt ein Foto. Max braucht einen Moment, um zu fokussieren. Dann aber …

»Ah! Das gibt es also auch digital«, sagt er, bevor Benedikts Faust auf ihn zurast. Dann ist es für eine Weile dunkel.

Als er wieder zu sich kommt, sitzt Karin auf einem Hocker neben ihm und raucht. Wann hat die zuletzt geraucht?

»Und, wie war's?«, fragt sie mit einer Stimme, die Max nicht gefällt.

»Sagt dir der Begriff multiple Orgasmen was?«, fragt Max zurück. »Und nun im Ernst: Hilf mir bitte hoch, damit ich dir alles erklären kann! Das ist ja noch ein Kind und überh…«

Karin fummelt den Hausschlüssel aus seinem Schlüsselbund und legt den Rest in seine ausgestreckte Hand.

»Du hast zehn Minuten, um zu packen.«

»Du schmeißt mich raus? Echt jetzt?«

»Wonach sieht's denn aus?« Karin steht auf, schnippt die Kippe durch die offene Tür in den Garten und lässt Max liegen. Er rappelt sich hoch und blickt auf die Straße. Frau Mosimann, die Nachbarin, steht dort und gafft.

Ziellos fährt Max herum, bis er beschließt, Joseline zur Rede zu stellen. Er fährt nach Flums und dann die Bergstraße hoch. Ganze Wagenkolonnen kommen ihm entgegen. Die Skilifte schließen. Die Zürcher, die Aargauer und die Deutschen fahren zurück in ihre Nebellöcher, wo sie seiner Meinung nach verdammt noch mal auch hingehören. Sollen sie dort die Straßen verstopfen! Aber er hat nun andere Probleme als des Schweizers liebste Form der Heimatverehrung, den Lokalpatriotismus, zu pflegen.

Bei Zilteners läutet er Sturm und tritt ein paar Schritte zurück. Benedikt öffnet und stemmt die Hände in die Hüften.

»Ich will mit Joseline sprechen!«, sagt Max.

»Die schläft. Und wenn du nicht gleich verschwindest, garantiere ich für nichts!«

»Ach, was! Schlafen!« Max hat wirklich nichts mehr zu verlieren. »Die pudert sich doch wieder die Nase, bevor sie gestandene Ehemänner anspringt, um nicht zu sagen bespringt!«

Benedikt verschwindet im Haus. Als er zurückkommt, schwingt er einen Golfschläger. Max kennt sich mit Golf nicht so aus wie mit Tennis, kann aber ein Holz von einem Eisen unterscheiden. Max sprintet zum Auto und schafft es, den Motor anzulassen, als schon die ersten Schläge aufs Dach krachen. Der gute, alte Passat macht einen Satz nach vorn. Die Heckscheibe entgeht um Haaresbreite ihrer Terminierung. Max, beziehungsweise sein Auto, schlittert durch die Ausfahrt auf die Straße, wo sich wie durch ein Wunder eine Lücke im talwärtsfahrenden Strom der Unterländer aufgetan hat.

In Sargans stellt Max das Auto an einer möglichst dunklen Stelle der Straße ab. Er fährt mit der Hand übers Dach. ›Ob er bei der Versicherung Hagelschaden geltend machen könnte?‹, fragt er sich auf dem Weg zum Haus seiner Mutter, welche gerade in Süddeutschland und im Elsass unterwegs ist. Christkindlmarkttour!

Max öffnet mit seinem Zweitschlüssel. Macht Licht. Es ist kalt im Haus. Na klar. Heizung runtergedreht. Typisch! Max geht in den Keller und stellt den Regler hoch, schnappt sich bei der Gelegenheit zwei Flaschen Rotwein, geht wieder rauf und setzt sich damit an den Küchentisch.

Irgendwann wird Max unsanft geweckt.
»Jetzt keine Dummheiten machen!«, sagt eine Männerstimme. Vier Polizeibeamte stehen um den Küchentisch – einer beziehungsweise eine davon eine Beamtin – und richten ihre Waffen auf ihn. Ruedi erkennt er sofort. Schließlich sind sie zusammen zur Schule gegangen. Aber nun tut der Armleuchter so, als ob er ihn nicht kennen würde. Überhaupt, die behan-

deln ihn wie einen Einbrecher. Abtasten, Handschellen, das ganze Programm. Dann abführen. Vor dem Haus steht die Nachbarin, wegen der Max sein Auto nicht vor dem Haus abgestellt hat.

»Aber das ist doch der Bub«, sagt sie mit dieser nervtötenden Stimme, die er nur zu gut von früher kennt.

»Grüezi, Frau Neuenschwander«, sagt Max. »Gell, Sie schauen schon, dass nachher wieder abgeschlossen ist.«

»Ja, ja«, antwortet die Alte, »aber du hast doch auch einen Schlüssel.«

»Eben«, sagt Max.

»Schlüssel!«, befiehlt der Ruedi, der genau weiß, was hier gespielt wird.

»Der liegt drinnen auf dem Stubenbüfett, wo ich ihn immer hinlege«, sagt Max.

Ruedi holt den Schlüssel und schließt ab. Nicht, dass noch jemand einbreche beziehungsweise sich einschleiche, meint dieser Vollpfosten.

Auf der Polizeiwache werden Max' Identität und sein Verwandtschaftsgrad zum Opfer, also seiner Mutter, infrage gestellt. Als Ruedi nach über einer Stunde immer noch so dämlich lacht wie damals – Max am Marterpfahl, Max im Mädchenklo eingesperrt, Max mit Juckpulver im Hemd, Max mit Pferdeäpfeln im Schulsack und so weiter –, platzt Max endlich der Kragen.

»Ist es eigentlich strafbar, einen Polizisten als verficktes Arschloch zu bezeichnen?«, fragt er. Der Postenchef bejaht und verschränkt die Arme.

»Okay, dann lasse ich ›verfickt‹ weg«, sagt Max, »denn dieses Arschloch dort«, er zeigt mit seinem Kinn Richtung Ruedi, »kann sehr wohl meine Identität und auch den Verwandtschaftsgrad bestätigen.«

Dieser Satz kostet ihn dann noch mal ein paar Stunden Warterei. Endlich wird er auf freien Fuß gesetzt. Vor dem Posten schießt er ein Selfie. Ab sofort will er ganz viele Selfies machen, die er in alle ihm bekannten Netze stellt. Das Bild betitelt er, mit schwarzen Fingerkuppen tippend: *Bei der Polizei die Finger schmutzig gemacht.*

Vor dem Haus seiner Mutter wartet ein Auto. Es ist Hubi, der Kronenhirsch, zudem Rechtsanwalt, der für Karin »die Sache in die Hand genommen hat«. ›Der hat bei Karin noch ganz andere Sachen in die Hand genommen‹, denkt Max. Hubi hält ihm einen Stapel Papiere unter die Nase.

»Es ist für alle die beste Lösung, wenn du die Trennungsvereinbarung unterschreibst.«

»Da kann ich mich ja gleich erschießen«, spricht Max mehr mit sich selber, als er die Dokumente überfliegt.

»Das wäre dann für alle die zweitbeste Lösung«, sagt der Wichser und reicht Max den Stift. »Du kannst mich mal«, sagt Max und steigt aus.

»Ich komme morgen wieder«, ruft Hubi durch die offene Autotür.

Max geht zu seinem Auto und fährt auf direktem Weg zur Bank, wo er alles Geld aller gemeinsamer Konten abhebt. Karin und er haben eine Menge gemeinsamer Konten. Jedes für sich betrachtet mit relativ bescheidenem Saldo, alle zusammen immerhin über 100'000 Franken wert. In Zeiten, da sich die Banken mit Bezugslimiten und Kündigungsfristen vor den eigenen Kunden schützen, muss man kreativ sein. Mit einer Papiertasche voller Scheine verlässt Max die Bank und schießt noch ein Selfie mit dem sinnigen Titel »Bankgeheimnis«.

Jetzt, da er Geld hat und sich außerdem auf dem Selfie-Trip befindet, beschließt er spontan, einen Kontrapunkt zu setzen. Vor der Kirche im Städtchen stellt er sein Auto im Parkverbot ab, packt eine Handvoll Scheine und geht die Treppe hoch. Ein paar Punks und ein schäbiges Trüppchen von Rastatypen halten da gerade ein Treffen ab.

Max betritt die Kirche und kann sich nicht entscheiden: St. Antonius, Muttergottes oder doch St. Oswald, den Kirchenpatron? Also verteilt er die Scheine zu gleichen Teilen auf die Opferstöcke. Es geht um zwei Hunderter nicht auf. Um Missgunst unter den Heiligen zu vermeiden, steckt er sie wieder ein und verlässt die Kirche. Draußen setzt er sich einem Impuls folgend zu den jungen Leuten und zieht die beiden Scheine aus der Tasche.

»Hey, Alter, was willst du?«, fragt einer.

»Ich will bloß hier sitzen, quatschen und vor Weihnachten noch eine gute Tat vollbringen. Ihr habt doch sicher Durst oder Hunger oder beides, und ich spendier euch was.«

Die Stimmung ist kurz vor dem Kippen. Eine junge Frau mit endlos langen kastanienroten Dreads klärt die Situation, indem sie sich neben Max setzt, die Scheine nimmt und ihm eine Büchse Bier reicht.

»Rauchst du?«, fragt sie.

»Ich will sicher keine von euren Haschzigaretten«, antwortet Max und nimmt einen Schluck.

Sie stellt sich als Salome vor, und Max sagt, dass er Max heißt, was ihm immer irgendwie peinlich ist.

»Wir rauchen hier kein Cannabis«, stellt Salome klar. »Das ist.«

»Was?«

»CBD.«

»Aha. Und?«

»Cannabidiol, vollkommen harmlos und vollkommen legal. Wird sogar im Coop verkauft.«

»Echt jetzt?«

»Es entspannt total, aber ist voll therapeutisch.«

»Dann darf ich nachher sogar noch Auto fahren?«, fragt Max.

»Ja, voll.«

Salome zündet das Ding an, das für Max verdächtig nach einem Joint ausschaut und auch genauso stinkt.

»Kannst du ein Selfie von mir schießen, wie ich rauche?«, fragt Max und hält ihr sein Smartphone hin, was für allgemeines Gelächter sorgt.

»Ein Selfie muss man selber schießen, du Hirni! Drum heißt es ja Selfie.«

Salome macht trotzdem ein Bild von Max. Dieser postet es gleich und schreibt dazu: »Mit einem blauen Auge davongekommen. Nun Rauchen zu Therapiezwecken.«

Zwei angebliche Zigaretten und ein paar Bier später hat Max seine ganze Lebensgeschichte inklusive der Selfiemat-Scheiße vor Salome und ihren Kumpels in allen Details ausgebreitet. Ein paar scheinen Joseline und auch Hubi von irgendwelchen Partys zu kennen. Sie könnten wegen dieser Joseline vielleicht was machen, meint Salome, vielleicht sogar noch diesen Abend im Dampfkessel. Das koste aber noch mal ein paar Scheine.

»Kein Problem«, lallt Max, wankt zum Auto, setzt sich hinters Steuer und reicht ihr ein ganzes Bündel durch die Tür. »Bist du sicher, dass das so ein CBDings-Bums war?«, fragt er noch, zieht die Tür zu und schließt die Augen.

Es will nicht aufhören zu klopfen. Durch die angelaufenen Scheiben nimmt Max schemenhafte Gestalten war. Mühsam klettert er aus dem Auto. Das ganze Idioten-Trüppchen von der Polizei ist wieder da. Ruedi tut sich besonders hervor und will Max auf der Stelle wegen seiner »Fahne« verhaften. Doch zuerst werden Tests gemacht, Alkohol und Cannabis, die allesamt positiv ausfallen. Genüsslich nimmt Ruedi die Handschellen hervor. Weshalb er denn verhaftet werde, will Max wissen.

»Trunkenheit und Drogenkonsum am Steuer«, ist die Antwort.

»Aber ich bin doch gar nicht gefahren!«, schreit Max.

»Ich kann das bezeugen«, hört er Salome aus sicherer Distanz rufen.

Nach einem giftigen Wortwechsel muss Ruedi klein beigeben und reduziert die Anklage auf Parkieren im Parkverbot.

»Und nun, hau ab!«, befiehlt Ruedi. »Mit dir haben wir schon genug Scherereien gehabt. Fahr nach Hause und schlaf deinen Rausch aus!«

»Das ist Anstiftung zu einer Straftat!«, ruft Salome aus noch sicherer Distanz.

Am Ende wird Max im eigenen Auto von Ruedi höchstpersönlich chauffiert und im Haus der Mutter ins Bett verfrachtet.

»Du weißt ja, wohin die Schlüssel…«, murmelt Max noch. Dann ist er weg.

Einmal mehr wird Max am nächsten Morgen unsanft geweckt. Es ist seine Frau Karin, die schäumt vor Wut.

»Wo ist das verdammte Geld?«

Als Max nicht antwortet, fuhrwerkt sie durchs Haus. Auf die Idee, im Auto nachzusehen, in der Papiertasche von der Migros, kommt sie nicht. Max rappelt sich hoch, geht in die Küche und macht Kaffee. Irgendwann steht Hubi im Raum und markiert den Obermacker. Doch mit dieser Nummer ist er bei Max an der falschen Adresse. Karins Abgang ist spektakulär, tränenreich und gefühlsarm zugleich. Sie fahre nun »grad z'leid!« mit Hubi über Weihnachten ins Piemont, »jawoll!«. Dass er es nur wisse.

»Du hast es nicht anders gewollt!«, sagt Hubi beim Verlassen des Hauses und tippt eine dreistellige Nummer in sein Handy.

Kaum sind die beiden weg, trampeln die vier Polizisten, inklusive der einen Polizistin, ins Haus und nehmen Max ein weiteres Mal fest und mit auf den Posten. Diesmal lautet die Anklage: »sexueller Übergriff auf eine Minderjährige, Nötigung und Ausnützung einer Notlage«. Die erkennungsdienstlichen Sachen entfallen, was Max' Hoffnung bestärkt, dass zusammenhängendes Denken zumindest in Teilen des Polizeikorps noch vorkommt. Dennoch sieht er schon die *Blick*-Schlagzeile vor sich: »Glüstler (53) vergeht sich an Zahnarzttochter (17) im Ferienhaus von Freunden (50 / 49)!«

Irgendwann rauschen die furiosen Eltern, Manuela und Benedikt, mitsamt der wörtlich bis obenhin zugeknöpften Joseline ins Vernehmungszimmer. Nun ist es kein Kreuzverhör mehr, sondern ein Gemetzel. Max wehrt sich nicht. Das ist ein Albtraum. Er wird es verdient haben.

Seine Erlöserin läutet just in dem Moment am verwaisten Empfang Sturm, als Ruedi sich über Max' Kopf hinweg darauf geeinigt hat, dass nur »die härteste Härte des Gesetzes und eine möglichst lange Untersuchungshaft ansatzweise der Gerechtigkeit Genüge zu tun imstande sein könnten.«

Ja, so geschwollen redet dieser Prolet daher. Die Polizistin verlässt widerwillig den Verhörraum, um zu schauen, wer so penetrant klingelt. Sie kommt mit einer Schar Punks und Rastatypen zurück, die von Salome angeführt werden.

»Sorry, Chef, ich war da vorne unterbesetzt«, entschuldigt sich die Polizistin.

Die Typen werden wieder rausgeschickt. Salome darf bleiben, zumal sie sich zu Max' Überraschung als Ruedis Tochter entpuppt. Sie hält einen Stick hoch, auf dem »zu hundert Prozent entlastendes beziehungsweise belastendes Material« zu finden sei. Ruedi stöpselt den Stick in einen Laptop und startet eine Videodatei mit dem Namen *dampfkessel.mp4*. Gebannt blicken alle auf den kleinen Bildschirm.

Von schräg oben aufgenommen sieht man Hubi und Joseline, die eng beisammen in einer WC-Box stehen. Hubi reicht Joseline ein Tütchen mit einem weißen Pulver. Joseline sagt, sie würde nun jedes Wochenende eine Gratis-Lieferung benötigen, sonst würde sie ihrem Vater ein Nacktfoto von sich zeigen und behaupten, sie müsse es Hubi senden, weil er als Rechtsanwalt der Familie wisse, dass ihr Vater vor drei Jahren das Au-Pair-Mädchen geschwängert habe. Was offensichtlich stimmt, da Hubi sich die Haare rauft. Außerdem brauche sie dringend Bargeld. Die Nacktnummer, die sie für ihn mit diesem bescheuerten Max machen musste, habe sie doch ziemlich mitgenommen. Es könne durchaus sein, dass sie mit jemandem darüber sprechen müsse. Die 500 Franken, die Hubi dafür bezahlt habe, seien längst aufgebraucht. Hubi zückt sein Portemonnaie, Joseline bedient sich gleich selber. Damit endet die Aufnahme.

Nach einer kurzen Stille, in der alle wie festgefroren verharren, ist es Max, der das Eis bricht: »Ich glaube, Benedikt, du brauchst einen neuen Anwalt.«
»Und eine neue Ehefrau«, fügt Manuela an.
In der darauffolgenden Chaosphase werden Joseline und Benedikt in getrennte Zellen gesperrt. Die Polizei fahndet nun nach Hubert Schoch. Max berichtet von den Reiseplänen ins Piemont. Könne gut sein, dass die beiden schon weg seien, meint er und klingt dabei so

traurig, dass ihm Salome kumpelhaft einen Arm um die Schulter legt.

Nun werden Befehle erteilt, Funksprüche getätigt, Fahrzeuge bestiegen, Blaulicht und Sirene eingeschaltet. Max drückt Salome einen Schmatzer auf die Wange – für einen kurzen Augenblick hofft er, dabei nicht fotografiert worden zu sein – und nimmt die Verfolgung der Streifenwagen auf.

Vor seinem Haus im Schattenloch am Walensee holt er sie ein. Der Chef-Polizist spricht mit der Nachbarin, die sich abwechslungsweise ans Herz und an den Mund greift. Dann nimmt er per Funk Kontakt mit dem Autobahnstützpunkt in Mels auf. Max versteht, dass der Porsche des Rechtsanwalts noch auf St. Galler Boden abgefangen werden soll, um einen Administrations-Tsunami zu vermeiden.

»Eben bei Bad Ragaz durch!«, ruft der Chef. »Nun fangen ihn halt doch die Bündner ab und halten ihn auf dem Rastplatz nach Landquart fest. Auf geht's!«

Alle steigen in ihre Fahrzeuge und brausen los. Max nimmt wieder die Verfolgung auf.

In etwas mehr als zwanzig Minuten schafft er es zu besagtem Rastplatz und fährt von der Autobahn. Hubi und Karin zu finden ist nicht schwierig. Ihr Auto ist von Streifenwagen umstellt, sie selbst stehen abseits. Karin wirkt verloren, Hubi wie ein Gockel, der überzeugt ist, Eier legen zu können. Ein Polizeihund beschnüffelt Hubis und Karins Gepäck, das auf der Straße steht. Im Auto scheint der Hund fündig zu werden. Das

Gockelhafte verschwindet ganz und gar aus Hubis Gesicht. Plötzlich rennt er los. Eine Polizistin, welche die Gaffer in Schach hält, stellt sich ihm in den Weg.

»Stehen bleiben, Polizei!«, ruft sie, was Max etwas unbedarft findet.

Auch Hubi scheint das nicht zu beeindrucken, denn er rennt einfach weiter und fährt den Ellbogen aus. Schnell wie der Blitz zieht die Polizistin ein Gerät, das Max als Taser erkennt. Im nächsten Augenblick liegt Hubi zuckend am Boden. Dann wird er in einen Kastenwagen verfrachtet und weggebracht. Nach und nach verschwinden die Einsatzfahrzeuge und die Gaffer.

Übrig bleibt Karin, die einsam und verlassen auf ihrem Koffer sitzt und ihr Handy anstarrt. Max steigt in sein Auto, fährt zu ihr und lässt die Scheibe runter.

»Brauchen Signora ein Taxi nach Italia?«, fragt er und klimpert mit den Augendeckeln.

Sie schaut ihn lange an. Tränen wollen ihre Augen füllen, doch sie kämpft sie zurück, versucht sogar ein Lächeln. Auf den zweiten Anlauf gelingt es. Sie legt ihre Sachen in den Kofferraum und setzt sich neben Max. Eine Weile halten sie schweigend Händchen wie früher. Dann schiebt Max eine Patent-Ochsner-CD ein, beschleunigt und fährt auf die Autobahn Richtung Süden.

Alles für die Katz

Pius Neuenschwander befand sich seit vier Wochen im Heimetli. Privates Alters- und Pflegeheim, umgebautes Haus aus den Fünfzigerjahren am Waldrand, mit Blick über den Walensee. Für Pius ganz und gar keine Heimat, und schon gar kein »Heimetli« im eigentlichen Sinn des Wortes: ein Platz, der dir gehört, wo du daheim bist.

Anfangs hatte er sich heftig gewehrt, seine wenigen Habseligkeiten immer wieder gepackt, die Bilder von den Wänden geholt, das Kruzifix abgehängt. Dann sah er ein, dass es keinen Zweck hatte. Hilfreich waren wohl die kleinen blauen Pillen, die er abends nahm, und der leidende Blick des weiblichen Zivis, Isa, wenn sie alles wieder an den Platz legte, hängte oder stellte. Wobei er ihr gern zuschaute. Kleine Freuden alter Männer.

Die blauen Pillen hatten eine Depression ausgelöst. Dagegen bekam er rote Pillen. Doch sein Lebens-, ja, sein Überlebenswille, war durch etwas anderes neu entfacht worden: Diesmal hatte es die Aebersold Berta erwischt. Eben wurde sie in der Kiste abtransportiert, nachdem gestern Azrael auf ihrem Schoß eingeschlafen war. Den Namen Azrael hatte ihm Isa gegeben, und das musste einen Grund haben, den Pius nicht kannte. Berta hatte wie immer am großen Tisch gesessen, im Minutentakt die Zunge wie ein Baby aus dem Mund geschoben und dabei mit ihren Händen unaufhörlich die Serviette glattgestrichen. Dann, urplötzlich, hatte sie damit aufgehört und Pius hatte sie zum ersten und einzigen Mal etwas sagen hören. »Jesses, ich habe die Kerzen am Adventskranz nicht gelöscht!« Daraufhin hatte sie geschwiegen und auch die ruhelosen Bewegungen von Zunge und Händen nicht wieder angefangen. Der Kater jedoch war, wie durch eine innere Eingebung, regelrecht zu ihr gerannt, hochgesprungen, hatte sich ein paarmal um die eigene Achse gedreht, sich endlich niedergelassen, die Augen zu Schlitzen verengt, sie ganz geschlossen und war eingeschlafen. Als man Berta an diesem Sonntagmorgen wecken wollte, sei der Kater noch bei ihr im Zimmer gewesen, war Pius vom Personal zu Ohren gekommen. Sie aber müsse zwischen der zweiten und dritten Nachtrunde sanft entschlafen sein – ein Ausdruck den Pius völlig hirnverbrannt fand, da Berta mit Sicherheit zwar vor ihrem Tod geschlafen hatte, danach jedoch nicht mehr. Danach war sie einfach tot. Für immer. Und daran war einzig und allein dieses Katzenvieh schuld.

Azrael war verflucht. Und verflucht waren die Opfer des roten Monsters. Und verflucht war dieser Ort, an den einen die Kinder oder die Schutzbehörde verfrachteten, damit man sich selbst und alles andere länger, gründlicher und vor allem endgültig vergessen konnte, bis am Ende nichts von einem übrig war außer der Hülle. Verflucht war der Gestank nach Nudelauflauf und Restesuppe, nach Kampfer, dem Urin Zuckerkranker, nach offenen Beinen, sechsmal nicht gewaschenen Haaren und Franzbranntwein.

»Es ist nur zu deinem Besten«, hatten Pius Kinder – die nun wirklich keine Kinder mehr waren – gesagt und »Es ist klein, aber fein. Überschaubar. Privat. Zwölf Zimmer. Am Waldrand. Mit Blick über den See. Und einem Garten mit Eichhörnchen. Du magst doch Eichhörnchen.«

Stimmt. Eines der wenigen Dinge, die er mochte. Eichhörnchen. Aber seine Brut hatte ihm nichts von der Heimleiterin gesagt, Margrith Engenmoser, der Inkarnation von Fräulein Rottenmeier, und natürlich hatten sie wohlweislich rein gar nichts von Azrael gesagt, dieser Ausgeburt der Hölle.

Pius hatte Katzen schon immer gehasst und aus jedem Kackehaufen, jedem angepissten Blumentopf, jedem vor der Tür hingerotzten Fellknäuel eine persönliche Angelegenheit gemacht. Und die hatte er stets auf seine Art geregelt. Niemals mit Gift. Darauf legte er wert. Gift war feige. Und es konnte den Falschen treffen. Die beste Zeit, Katzen zu schießen, war der Winter, wenn das Vogelhäuschen die Viecher unvorsichtig werden ließ. Der Sommer war auch nicht schlecht. In der Trockenmauer tummelten sich Eidechsen. In unermüdlicher Geduld lauerten dort die Katzen selten gewordenen Kriechtieren auf, schlugen sie, quälten sie, zerrissen sie ein bisschen und legten sie auf Pius Terrasse ab, sobald die Opfer sich nicht mehr bewegten. Noch größer als die Geduld der Katzen war jene von Pius, wenn er den Lauf seines Floberts langsam aus dem Schlafzimmerfenster schob und wartete, bis das Tier den Kopf in seine Richtung hielt. Leiden sollten sie nicht, die Katzen. Obschon er es ihnen eigentlich mit gleicher Münze heimzahlen sollte. Kurz, überraschend und schmerzlos musste es sein. Außerdem war es dem gutnachbarschaftlichen Verhältnis abträglich, wenn sich das angeschossene Tier durchs Katzentürchen quetschte, um im Wohnzimmer auf dem Spannteppich zu verbluten. Die Toblers hatten nie mehr ein einziges Wort mit ihm gesprochen. Aber eine neue Katze angeschafft, die sie von schierer Boshaftigkeit getrieben zweimal im Jahr werfen ließen. Meistens jedoch traf Pius sauber und am Sonntag drauf gab es bei Neuenschwanders »Kaninchenragout« mit Polenta. Die wenigsten Leute wussten, dass geschlachtete Katzen von Kaninchen nur durch einen einzigen Knochen zu unterscheiden waren. Aus diesem Grund, so erzählt man sich, hatte man früher in Schweizer Metzgereien ganze Kaninchen nur mit intakten Fellpfoten verkauft. Tempi passati!

Seit Pius im Heimetli war, hatten vier Bewohnerinnen – niemals, niemals durfte man sie »Insassen« nennen! – wegen der Katze das Zeitliche gesegnet. Oder wie der Pfaff sagte: »Den Weg alles Irdischen genommen.«

Als Berta gestorben war, hatte Pius die Zusammenhänge endlich begriffen. In diesen Stunden schon wählte der Todesengel sein nächstes Opfer. Dessen war sich Pius sicher. Auch wenn alle Welt das anders sah. Weil es angeblich auch in Amerika einen Kater gebe, der in einem Heim den herannahenden Tod alter Menschen – das hörte die Rottenmeier noch viel lieber, wenn man von »Menschen« sprach – erspüre und Trost spende, indem er sich zu ihnen lege und einschlafe. Die Leute wurden nicht müde, vom siebten Sinn zu sprechen. Pius wusste, es war nichts Geringeres als eine Katzenverschwörung.

Schon schlich der rote Teufel durch die Wohnstube, in der tagsüber ein Großteil ihres armseligen Häufchens abgestellt wurde. In Erwartung des Todes. Für den an diesem verfluchten Ort einzig und allein der rot-weiß gestreifte Satan zuständig war. Und niemand war sich der Gefahr bewusst. Keiner kapierte den so offensichtlichen Zusammenhang. Pius blickte sich um.

Albert sortierte unsichtbare Papiere und führte Telefongespräche mit seiner Chefsekretärin. Rosi glotzte ihre Puppe an. Hedi kämmte sich die Haare und Rolf versteckte die Krippenfiguren, weil er Weihnachten mit Ostern verwechselte. Nur Francesco, der quirlige Italiener, schien zu ahnen, dass Azrael der Pförtner im Vorzimmer zur Hölle war. Jedenfalls versuchte er die Katze in selbstmörderischer Absicht zu sich zu locken. Aber Azrael ignorierte den verzweifelten Versuch Francescos, die Abkürzung zu nehmen.

Der Kater hielt stattdessen, was er vorher noch nie getan hatte, zielstrebig auf Pius zu, roch kurz an seinen Filzpantoffeln, spannte die Muskeln an, stieß sich ab und landete punktgenau auf Pius Oberschenkeln. Reflexartig umschloss dieser den Hals des Todesboten mit seinen Händen. Bevor er zudrücken konnte, bemerkte er Rosis Blick, in dem Entsetzen lag. Entsetzen und eine plötzliche Aufmerksamkeit, welche er noch nie an ihr gesehen hatte. Pius schaute sich um. Die Blicke aller ruhten auf ihm, als ob eine geheime Kraft vorübergehend das Licht im Oberstübchen angeknipst hätte. Pius löste eine Hand von Azraels Hals und strich ihm unbeholfen über den Rücken. Dann stand er ächzend auf und schlurfte durch die Wohnstube zur Haustür. Den Kater hielt er dabei, wie ein Baby im Arm. Er öffnete die Tür, setzte ihn draußen ab, drückte die Tür ins Schloss, bückte sich und fummelte den Riegel am Katzentürchen dahin, wo er verdammt noch mal hingehörte: auf »Geschlossen!«

Er brauchte zwei Anläufe, um sich wieder aufzurichten. Als er sich endlich umdrehen konnte, waren die Gesichter seiner Mitgefangenen entrückt wie eh und je. Pius setzte sich wieder in den Sessel und gab sich seinen Katzentötungsfantasien hin. Es war eine Frage des Überlebens. Azrael musste vor ihm sterben. Vor allen weiteren möglichen Opfern eigentlich. So betrachtet wäre Pius ein heimlicher Held, wenn er diesen Todesengel dahin zurückbefördern würde, wo er hergekommen war: in die Hölle.

Natürlich bemerkte die Rottenmeier das mit dem Katzentürchen, keifte, drohte mit ihrem überlangen Zeigefinger, richtete ihn auf jeden einzelnen und ganz besonders lange auf Pius, bevor sie sich wieder den Vorbereitungen für die Vorweihnachtsfeier widmete. Fondue-Plausch zum vierten Advent.

Pius drückte sich aus seinem Sessel hoch, ächzte und stöhnte dabei so laut er konnte und weckte prompt die Aufmerksamkeit von Brankica, seiner Lieblingspflegerin. Sie hatte den Kompostbehälter in einer Hand, mit der anderen half sie ihm hoch. Er hakte sich bei ihr ein und ließ sich zur Tür begleiten. Spaziergänge mit Brankica, und mochten sie noch so kurz sein, waren ein Erlebnis. Sie hatte an genau den richtigen Stellen diese Extrapfunde. Und diesen gewissen Schalk einer früh gewordenen Großmutter, welche die nächsten zwanzig Jahre kaum altern würde. Ach, wäre er doch nur so jung wie damals, als er zum ersten Mal gedacht hatte, er sei alt geworden. Sie half ihm noch in Schuhe und Mantel, wobei sich Pius sogar an ihr festhalten durfte. Dafür bot er ihr an, die Küchenabfälle zum Kompost zu bringen.

Auf dem Weg zum Komposthaufen lag eine dünne Schicht frischen Schnees. Darin Pfotenabdrücke. Katzenpfoten. Pius kippte die Grünabfälle auf den Haufen. Es dampfte zünftig. Ganz unten im Behälter war Kaffeesatz gewesen. Kaffeesatz!

Hatte nicht seine Frau selig Kaffeesatz im ganzen Garten verteilt, weil sie nicht schon wieder Lust auf »Kaninchenragout« oder Streit mit den Nachbarn oder beides hatte? »Wenn etwas Katzen fernhält, dann Kaffeesatz«, hatte sie immer gesagt.

Pius schöpfte so viel wie möglich davon in den Behälter zurück und machte, dass er damit ins Haus kam, bevor der Satan zurück durchs Höllentürchen fuhr. Die braune Pampe verteilte er großzügig im Eingangsbereich und trampelte sie in den Schmutzteppich. Den grünen Behälter stellte er auf den Stubentisch und setzte sich in seinen Sessel, um zu beobachten, wie die Katze nur kurz den Kopf durchs Türchen halten würde, um sich dann sofort angewidert zurückzuziehen.

Irgendwann musste Pius eingeschlafen sein. Als der Teufelskater in seinem Schoß landete, schreckte er hoch und stieß einen heiseren Schrei aus. Wieder glotzten alle. Abwartend, fast lauernd, kam es Pius vor. »Wenn etwas Katzen fernhält, dann Kaffeesatz.« Von wegen! Diesmal brachte er Azrael zu Rosi. Ihr würde er galant den Vortritt lassen. Sanft setzte er den Todesengel in ihren Schoß. Dort wollte das Biest aber nicht bleiben und huschte ganz von alleine wieder nach draußen in den Garten, um bedrohte Tierarten zu jagen. Es wählte seine Tier- wie Menschenopfer selber aus und mied die anderen Bewohner wie die Pest.

Nun wollte Azrael sich Pius also im Schlaf krallen. Drastischere Maßnahmen waren gefragt, davor aber ein Gang zur Toilette unvermeidlich.

Als Pius auf dem Rückweg vom Klo beim Esszimmer vorbeikam, formte sich in seinem Kopf ein spontaner, aber verwegener Plan. Um ihn umzusetzen, musste er sich leider auf eine Plauderei mit Isa einlassen.

Isabelle Stierli, von allen Isa genannt, leistete Pius oft und gerne Gesellschaft, wenn er sich in eine Decke gehüllt auf der Terrasse seinem einzigen verbliebenen Laster hingab: dem Rauchen von *Krummen*. Sie selbst rauchte Zigaretten und breitete dabei gerne ihr Leben vor Pius aus. Sie wurde nicht müde, immer und immer wieder dieselben Themen aufzugreifen, beinahe Wort für Wort Vorkommnisse zu wiederholen. Entweder war sie selber vollkommen plemplem oder aber sie vertraute zu einhundert Prozent auf seine eigene Unfähigkeit, Neues abzuspeichern. Typischer Fall von Berufskrankheit, sagte sich Pius, der im Übrigen eine sehr hohe Meinung von seinem eigenen Verstand hatte. Ein weiblicher Zivi war ungewöhnlich. Isas Eigenwilligkeit hatte zu ihrem vorzeitigen Abbruch des Militärdienstes geführt – den sie als Frau gar nicht hätte leisten müssen; wo sie als Frau, verdammt noch mal, auch nichts zu suchen hatte! Nun also Zivildienst, eineinhalbmal so lang wie der Militärdienst. Sie habe wählen können zwischen Windeln wechseln bei jungen oder bei alten Menschen, quatschte sie Pius zum x-ten Mal zu. Einem Impuls folgend seien es nun die alten geworden, wobei ja bei ihm, dem Pius, noch alles dicht sei, zumindest da, wo es tropfen könnte, haha. Doch meistens sprach Isa beim Rauchen nicht über die Arbeit, sondern über ihre Pläne: Reisepläne, Umbaupläne, Beziehungspläne, Berufspläne. Manchmal machte sie Pläne für Pius. Dann wurde es ihm zu blöd mit ihr.

Heute ließ er sie machen. Denn heute hatte er erstens tatsächlich Pläne und zweitens wollte er ihr Feuerzeug. Feuerzeuge wurden im Heimetli vom Hausdrachen gehütet wie ein Schatz. Pius durfte sich noch nicht mal seine *Krumme* selber anzünden. Wenn sie fast runtergebrannt war, kam irgendwoher jemand vom Personal, nahm sie ihm aus der Hand und drückte sie sorgsam, meist mit gerümpfter Nase und spitzen Fingern, aus. Die Rottenmeier hatte panische Angst vor Feuer, wenn Demente in der Nähe waren. Und nach Pius Einschätzung waren hier bis auf seine eigene Person wirklich alle durch den Wind. Also waren sämtliche Brennstoffe, inklusive richtiger Adventskerzen, strengstens verboten. Mit einer einzigen Ausnahme, wie Pius eben herausgefunden hatte: den Rechauds für den Fondue-Plausch, welche auf die herkömmliche Art mit Brennsprit befüllt wurden. Brennsprit im Hause Rottenmeier! Wer hätte das gedacht? Vermutlich war ihre Sparsamkeit noch ausgeprägter als ihre Angst vor Feuer. Mit Sicherheit gab es mittlerweile elektrische Rechauds. Doch der alte Sparfuchs hielt an den Klassikern fest.

Pius wollte auch mal was sagen und erzählte Isa die Geschichte vom Eichhörnchen, das den Stamm der Föhre hochgerannt sei, wegen Azrael, dieser verdammten Scheißkatze. Dabei zeigte er auf den Baum, worauf Isa pflichtbewusst hinschaute. Schon war das Feuerzeug in seiner Tasche verschwunden. Nun der Inkontinenztrick – Griff in den Schritt und Augen aufreißen – und schon war Isa auf den Beinen, um ihn aufs Klo zu begleiten.

Er käme allein klar, wimmelte er sie ab. Das ließ sie sich nicht zweimal sagen. Als sie weg war, schlich er sich in die leere Küche, wo in einer Reihe geparkt drei Flaschen Brennsprit standen.

Die Rottenmeier überließ auch beim Fondue nichts dem Zufall. Es gab nichts Peinlicheres, als wenn ein Rechaud vorzeitig ausging, weil man vergessen hatte, Sprit aufzufüllen. Nur den Brotwürfel im geschmolzenen Käse zu verlieren, war vermutlich noch peinlicher.

Die Rechauds standen schon im Esszimmer. Also waren sie aufgefüllt und niemandem würde so rasch das Fehlen einer dieser grünen Flaschen mit kindersicherem Drehverschluss auffallen. Gut möglich, dass die Rottenmeier die Flaschen gerade deswegen hatte stehen lassen, weil sie keinem zutraute, den Verschluss aufzubekommen. Aber da hatte sie die Rechnung ohne den Pius gemacht. Er steckte sich eine Flasche vorne in die Unterhose, zog die Hausjacke, welche ihm seine Frau selig noch gestrickt hatte, weit herunter, ging zum Lift, fuhr ins obere Stockwerk und versteckte Feuerzeug sowie Brennsprit in seinem Zimmer. Als er wieder herauskam, wäre er um ein Haar über Azrael gestolpert. Es schien, als ob auch dieser zu drastischeren Mitteln griff, um Pius zu erledigen. Sie befanden sich jetzt eindeutig im Krieg. Und Pius hatte vor, diesen zu gewinnen. Dass Azrael ihm sogar ins obere Stockwerk folgte, war gut. Sehr gut sogar. Ob Pius die Sache gerade hier und jetzt beenden sollte? Die Rottenmeier nahm ihm die Entscheidung ab, indem sie ihn fand und mit sanfter Gewalt in den Lift bugsierte. Er wolle sich doch bestimmt nicht das Weihnachtssingen entgehen lassen, meinte sie.

In der völlig überfüllten Wohnstube drückte ihn die Rottenmeier in seinen Sessel, von dem aus er leider den totalen Überblick auf eine Szenerie hatte, welche seinen Überlebenswillen infrage stellte. Der katholische Frauenverein hatte sich in Kampfstärke vor den Seniorinnen und Senioren aufgebaut. Aus vollen, von Unmengen geschlungenen Stoffes verdeckten Kehlen sangen sie »Was soll das bedeuten«, »Vom Himmel hoch«, »Morgen Kinder wird's was geben« und weitere Lieder, die Pius allesamt hasste. Noch übler war das Panflöten-Intermezzo. Dabei vermischten sich zweiundzwanzig Frauenparfums in zunehmender Intensität mit dem Brodem von Azraels Todesreich. Pius stand kalter Schweiß auf der Stirn.

Endlich verstummten die Frauen und ließen den Pfaff für die Ansprache in ihre Mitte treten. Er ging ganz in seiner Lieblingsrolle – Hahn im Korb – auf. Zum Glück verstand Pius kaum ein Wort des Polen, der nach über zwanzig Jahren missionarischen Wirkens in der Schweiz noch immer mit den Vokalen und dem Widerspruchsgeist der hiesigen Katholiken kämpfte. Dass er zumindest »Chrischchindli« gelernt hatte, inklusive zweimal kratzigem CH, bekam Pius deswegen mit, weil der Pfaff das Wort so oft wiederholte, bis die Rottenmeier die

Flaschen mit dem Bündner Röteli holte und ihn damit zum Schweigen brachte. Unter seinen Hennen entstand dafür ein Gegacker, vor dem selbst die ausgeklügeltsten Hörgeräte kapitulierten.

Irgendwann waren die meisten Frauen und der Pfaff weg. Nur der fünfköpfige Vorstand des Frauenvereins blieb, um noch beim Fondue zu helfen. Die Menüwahl brachte das Personal offenbar an seine Belastungsgrenze. Die Rottenmeier riss die Fenster auf, was bewies, dass sie doch menschlich war. Bis Hedi mit einer elektrischen Kerze aus dem Adventskranz auf den Tisch hämmerte. Dann schloss sie die Fenster wieder, weil in dieser verdammten Weiberregierung die Wohlfühltemperatur von siebenundzwanzig Grad nicht unterschritten werden durfte. Pius stupste Isa an und zeigte auf die Terrasse. Sie erbarmte sich seiner und ging mit ihm nach draußen. Auf dem Tischchen lagen noch immer ihre Zigaretten, nicht jedoch ihr Feuerzeug. Was Isa in diesem Moment völlig aus dem Häuschen geraten ließ. Sie tastete sich am ganzen Körper ab, wobei ihr Pius zu gern geholfen hätte. Bevor er dazu kam, war Isa weg und er sah durch die Scheibe, wie sie auf die Rottenmeier einredete. Dann sprach Isa nicht mehr. Dafür die Rottenmeier umso heftiger. Auch der Zeigefinger kam wieder zum Einsatz. Isa wischte sich eine Träne aus dem Gesicht, als sie rauskam. Sie tat Pius fast ein wenig leid. Aber er hielt ihr stattdessen seine *Krumme* hin. Er müsse Geduld haben und schnell warten, meinte sie und verschwand wieder. Schnell warten?! Wie sollte das bitte gehen? Als Isa endlich zurückkam, hatte sie kein Feuer dabei, sondern nahm ihn wortlos am Arm und führte ihn zu den anderen ins Esszimmer, wo in den vier Rechauds schon die Flammen züngelten.

Die Rottenmeier trug gerade zwei dampfende Caquelons herein, als Pius die *Krumme* in eine Flamme hielt. Um ein Haar hätte die Heimleiterin die Pfannen fallen lassen, schaffte es aber noch bis zu den Tischen. Das Personal und die Vereinsfrauen kümmerten sich sofort um ihre Schützlinge, halfen Brotstücke auf Gabeln zu stecken, hielten alle davon ab, sich die heiße Käsemischung aus der Pfanne über Bauch und Beine zu kippen oder sich gegenseitig mit den langen Gabeln die Augen auszustechen. Nur die Rottenmeier kümmerte sich exklusiv um Pius, der sich weigerte, die *Krumme* herzugeben und den Rauch gegen die Decke paffte. Prompt ging die Brandmeldeanlage los. Die Rottenmeier zischte ab wie eine Rakete, schaltete erst den Alarm und dann die ganze Anlage aus, da sie wegen Pius Qualmerei immer wieder ansprang. Gegen die Rottenmeier hatte er am Ende keine Chance. Sie schoss auf ihn zu, krallte sich den Stumpen, rannte damit in die Küche und baute sich keine halbe Minute später wieder vor ihm auf. Nun kamen sogar beide Zeigefinger zum Einsatz und Pius bekam etwas Rottenmeierspucke ins Gesicht. Als sie sich ausgetobt hatte, packte sie ihn am Kragen und versuchte, ihn zu seinem Platz zu zerren. Doch Schweizer Traditionsrauchwaren zu entreißen war eine Sache, einen Neunzig-Kilo-Senior an einen Tisch zu zwingen etwas ganz anderes. Pius weigerte sich, auch nur einen Schritt zu machen. Also drehte die Rottenmeier den Spieß um, und machte das, was man mit unartigen Kindern tut: Sie schickte ihn aufs Zimmer. Fondue sei für ihn gestrichen. Sie lasse sich von ihm doch nicht den schönen Abend verderben. Sie nicht.

Damit ließ sie Pius stehen. Um den Schein zu wahren, verharrte er noch eine Weile und verzog sich dann in Richtung Lift. Aus dem Augenwinkel heraus schielte er dabei nach dem Katzenvieh, konnte es aber nirgends entdecken. Im oberen Stockwerk schlurfte er am TV-Zimmer vorbei. Es wurde nur von Francesco genutzt, wenn Fußball lief. Pius holte in seinem eigenen Zimmer die Flasche mit dem Brennsprit und das Feuerzeug. Dann setzte er sich im TV-Zimmer auf die Couch, legte das Feuerzeug bereit und öffnete den Verschluss der Spritflasche. Lange brauchte Pius nicht zu warten. Schon war der Kater zur Stelle und strich ihm siegessicher um die Beine.

Pius klopfte einladend auf seine Schenkel. Azrael zögerte keine Sekunde und sprang, landete federnd, drehte sich fünfmal im Kreis, wobei die Krallen sanft in Pius Haut pikst en, ließ sich nieder und schloss die Augen. Noch schnurrte er nicht, aber es würde nicht lange dauern. Ein paar Minuten später wäre das Biest eingeschlafen. Was Pius sicheren Tod innert sechs Stunden bedeuten würde. Würde! Dazu würde es ja nicht kommen. Mit einer Hand strich Pius dem Kater übers Fell. Mit der anderen verteilte er den Flascheninhalt rechts neben sich auf der Couch und den vom Hausdrachen persönlich hindrapierten Kissen. Dann hob er Azrael hoch und legte ihn vorsichtig neben sich auf die andere Seite.

Pius griff sich die Fernsehzeitschrift mit Helene Fischers Konterfei, erhob sich und ging so schnell wie eben möglich zur Tür. Der Kater blieb liegen, beobachtete ihn jedoch mit einem Auge. Siegesgewiss. Ha! Wenn der Teufelsbraten sich da mal nicht täuschte. Pius Hände zitterten, als er das Feuerzeug an die Zeitschrift hielt. Helene Fischer fing sofort Feuer. Als die halbe Zeitschrift brannte, warf er sie in Richtung Couch. Bevor es »Wusch!« machte, hatte er sich schon abgewandt. Nun musste es verdammt schnell gehen, was in seinem Alter eigentlich nicht vorgesehen war. Prompt verlor er die Kontrolle über seine Füße und verhedderte sich beim Zuziehen der Tür mit der Strickjacke, blieb hängen und schlug der Länge nach hin. Sein rechter Oberschenkelknochen zog dem Alter geschuldet die Konsequenzen und brach. Eventuell war auch das Becken hin. Jedenfalls durchflutete Pius ein Schmerz, der ihm für kurze Zeit das Bewusstsein raubte.

Als er wieder zu sich kam, versuchte er sich hochzustemmen. Doch etwas drückte ihn zu Boden. Das Etwas maunzte Mordio und verkrallte sich in seinen Rücken. Pius versuchte den Kopf zu heben. Viel konnte er nicht sehen. Überall Rauch. ›Weg, weg, weg!‹, dachte er und suchte gleichzeitig nach einer Lösung, wie er die verfluchte Scheißkatze zurück ins Zimmer bekam, ohne das Bewusstsein zu verlieren, innerlich zu verbluten oder im Rauch zu ersticken. Bevor er eine Lösung fand, wurde er umgedreht, von Männern mit Atemschutzmasken auf eine Trage gelegt und festgezurrt. Er schrie wie am Spieß, als sich Azrael auf seine Brust setzte. Doch eine Maske, aus der Luft strömte, wurde auf sein Gesicht gedrückt und verschluckte sein Flehen. Dann waren sie draußen. Pius spürte, wie die Trage abgestellt wurde. Die Maske verschwand. Pius fehlte nun die Kraft zu schreien. Flüsternd versuchte er den Feuerwehrmann zu beschwören, ihn vom todbringenden Katzenvieh zu trennen. Doch der verstand ihn nicht. Zudem buckelte Azrael und fauchte, sodass der Feuerwehrmann die Hand – trotz der Handschuhe, feige Sau! – wegnahm.

»Sanität ist gleich da, keine Sorge!«, rief ihm der Feuerwehrmann beim Rückzug zu. Azrael kreischte voller Triumph, was sich in Pius Ohren ganz und gar nicht nach Katze anhörte, drehte sich ein paarmal im Kreis, kuschelte sich dann auf Pius Brust, schmiss den Schnurrmotor an, schloss die Augen und schlief augenblicklich ein.

»Hey, Jungs! Das müsst ihr gesehen haben!«, rief der Feuerwehrmann. »Diese Katze hat dem armen Kerl mit ihrer Maunzerei das Leben gerettet. Nun beschützt sie ihr Herrchen noch immer und weicht nicht von seiner Seite. Wahnsinn, wozu Tierliebe fähig ist! Ja, Tobias, film das ruhig! Das wird Millionen Klicks geben. Ich dreh durch!«

Pius rüttelte an seinen Fesseln. Aber es war zwecklos. Sein Atem ging schwerer und schwerer. Der rote Teufel drückte die Luft aus seinen Lungen. Pius hörte noch, wie der Einsatzleiter eine Durchsage machte: »20:45 Uhr, alle Insassen geborgen!« Pius war versucht, ihn zu korrigieren oder wenigstens jemandem den Auftrag zu geben, diesem Rüpel den Rottenmeier'schen Sprachkodex zu geigen. Doch er war zu schwach und hatte ohnehin andere Probleme. Noch vor dem ersten Hahnenschrei würde er tot sein. ›Alles für die Katz!‹, dachte er, fügte sich in sein Schicksal und schloss die Augen in Erwartung des Todes.

Seeschlacht

Am frühen Morgen des Stephanstags hat sich der Walensee wie für ein Fotoshooting als langgezogener Spiegel von Ost nach West zwischen die Berge gelegt. Stilles Wasser heute. Tiefgründig wie eh. Hat etwas von einem Fjord.

Seine Nordflanke senkrechter Fels. Seine Südflanke Abhänge mit Vegetation. Da war schon richtig Geologie am Werk. Dort, wo es am See Platz hat: Weiler und Ortschaften. Schattenlöcher oder Sonnenparadiese, je nach Lage und Jahreszeit. Einige Siedlungen sind nur per Schiff erreichbar. Deren Einwohner mehr Bergler denn Wassermenschen.

Ortsnamen wie: Terzen, Quarten, Quinten. Einst hatten Römer durchnummeriert. ›Wo sind die verdammte Eins und die Zwei?‹, fragt man sich. ›Warum nicht gleich die ganze Oktave?‹

Plötzlich Betriebsamkeit in den Häfen. Die Schleppangler erwachen aus dem Winterschlaf. Darauf haben die Bootsfischer des Walensees hingefiebert, sich minutiös vorbereitet, die Weihnachtstage über sich ergehen lassen.

Dieser Moment, diese Zeit: reine Magie. Das Tageslicht zwischen den Raunächten nutzen, um der Königin der Süßwasserfische nachzustellen. Genau 30 Minuten vor Sonnenaufgang endet die Schonzeit der Seeforelle.

Sie zu befischen ist wie Yoga im Himmel. Aber besser. Und vor allem ohne Yoga. Die Zeit friert ein. Der Alltag, alles Irdische rückt zur Seite und macht Platz für dieses Gefühl: die archaische Entrücktheit des Jägers. Und natürlich ist das Schleppangeln vom Boot aus eine Wissenschaft für sich. Seit der Erfindung des Einbaums wird sie von Generation zu Generation weitergegeben. In den letzten Jahrzehnten hat sie eine technische Revolution erlebt. Das Equipment der Fischer verdient bei den Meisten das Prädikat »hightech«.

Doch bei manchen Booten stimmt was nicht. Leises Fluchen ist zu hören, würgende Geräusche von Außenbordmotoren, die nicht wollen, wie sie sollen. Die Fischer reißen und reißen am Notstartseil, weil der Elektrostarter nicht geht. Bis sie an sich selber zweifeln, am Vergaser, am Füllstand des Tanks, der Benzinpumpe, am Zustand der Kerzen. Niemand prüft den roten Ausschaltknopf. Da ist ein perfider Draht eingeklemmt, kaum zu sehen, und überbrückt den Schalter. Macht Kontakt. Motor will nicht, kann nicht, darf nicht, läuft nicht. Basta.

Man müsste an mutwillige, heimtückische, bösartige Sabotage denken, um es zu merken. Tut man aber nicht. Noch nicht.

Während die einen Schleppangler ihre Außenborder auseinandernehmen, setzen die anderen auf dem See ihre Leinen. Wer etwas auf sich hält, verwendet handgemachte Perlmuttspangen oder Metalllöffel aus einheimischer Produktion als Köder.

Noch bevor alle Leinen draußen sind, bleiben einige

Boote mitten auf dem See liegen. Motor läuft. Lauter plötzlich. Eigenartig. Gang ist drin. Die Fischer kratzen sich an ihren Köpfen. Wo ist die versteckte Kamera? Da ist keine. Standgas rein. Gang raus. Vorsichtiger Blick über den Rand des Hecks. Wo ist der Propeller? Da muss doch ein Propeller sein. Verdammt, da war immer schon einer. Fährt ja nicht ohne Propeller, das Boot. Und überhaupt. Ratlosigkeit.

Der Propeller muss abgefallen sein. Noch nicht mal »plumps« hat er gemacht, denn er lag ja schon im Wasser. Still und heimlich hat er sich selber aus der Halterung geschraubt und sinkt nun 150 Meter in die Tiefe. ›Selber schuld‹, könnte man denken. ›Hat er nun davon, wenn er sich selber rausschraubt.‹ Doch nicht er ist schuld, sondern die Mutter. Also nicht DIE Mutter, die sonst immer schuld sein muss. Die andere Mutter. Deren Aufgabe es ist, den Propeller davon abzuhalten, sich selber zu versenken. Hat sie aber nicht getan, die Mutter. Sie war heute etwas locker drauf. Zu locker, wenn man den Propeller fragt. Doch den fragt ja keiner. Die Mutter kann man auch nicht fragen. Auch sie liegt bald auf dem Grund, nimmt ihr Geheimnis mit ins Grab: Sie ist heimlich, heimtückisch, mit voller Absicht und entsprechendem Werkzeug gelockert worden. So sieht's nämlich aus: Da muss jemand mit Neoprenanzug, Taucherbrille und einer Stirnlampe nachts ins seichte Hafenbecken gestiegen sein, um Manipulationen durchzuführen.

Die größte Abschleppaktion in der Geschichte der lokalen Seerettung beginnt. Das hat man ja noch nie erlebt. Acht abgefallene Propeller am selben Morgen. Eigentlich hat man abgefallene Propeller überhaupt noch nie erlebt. Kann also kein Zufall sein. Röbi Bärtsch, Obmann der Seerettung Ost, spricht es aus: »Sabotage.«

Etwa 20 Fischer sind noch im Rennen. Wer lässt sich schon die Saisoneröffnung vermiesen? Zumal der größte Fang mit Foto und Messingtafel im Stübli vom Restaurant Seeblick verewigt wird – und ein schöner Teil der Konkurrenz nun ausgefallen ist. Noch hat niemand zugeschlagen. Hätte man mitbekommen. Man ist vernetzt. Gruppenchats. Statusmeldungen in Echtzeit. Von ersten Bieröffnungen, zum Beispiel.

Um 9:32 Uhr die Nachricht, Kudi habe beim Inseli, eine 53-er gefangen. Verdammt! Wie auf Kommando wenden Boote. Jetzt die Uferzonen zwischen Walenstadt und Mols befischen! »Auf geht's. Petri!«, und so weiter. Das wird ganz schön eng. Schleppfischer brauchen Platz. In der Breite und achtern sicher 100 Meter. Brüske Manöver gehen nicht, ansonsten droht ein Gewickel biblischen Ausmaßes. Die meisten fischen mit acht Ruten. Jeder zieht insgesamt einen Kilometer Schnur hinter sich her.

Dann Stau bei der Durchfahrt zwischen Inseli und Bommerstein. Schon wieder stehen Boote still. Jetzt wird aber richtig geflucht. Die Schnüre hängen fest. Aber so was von. Als ob jemand ein feines Stahlseil zwischen der einzigen Insel mit dem fantasievollen Namen und dem nahen Ufer gespannt hätte.

Was ja auch Tatsache ist. Wenn man mal weiß, wonach man sucht, dann findet man es. Ist auch auf dem Echolot drauf. Drei Meter unter der Oberfläche. 340 Meter Kabel. Das eine Ende beim Tauchplatz am Eisenpfosten angebunden, das andere an einem Baum auf dem Inseli. Ein

Kormoran hockt dort und lacht sich ins Fäustchen. Na ja, bildlich gesprochen. Aber er scheint sich wirklich zu amüsieren. Ganz im Gegensatz zu den Fischern, die sich einem heiligen Zorn hingeben. Ihre Körper beben unter der Flut von Hormonen, die erst mal wieder abgebaut werden müssen. Wenn sie den in die Finger bekämen, dann ... Das könne ja fast nur ein Taucher gewesen sein, denken sie. Es sei denn, jemand mit einem Boot ...?

Und dann kommt ein Verdacht auf. Den bestätigen Bösi, Steff und Hausi: die Unzertrennlichen, die keinen Saisonstart verpassen, die mit insgesamt 16 Ruten fischen und ebenso vielen Scherbrettchen, als ob sie einen Schwarm weißer Enten hinter sich herzögen, die insgesamt an die 200 Meter See in der Breite abfischen – was natürlich nicht erlaubt ist – , die bereits eine Kiste Bier intus haben, erspähen beim Kreuzen ein Banner an Reto Fischlis Boot. *Antifaschistischer Sportfischereiverein Bommerstein – Gründungsversammlung des neuen ASVB, 3. Januar, 20 Uhr, im Restaurant Seeblick in Mols* steht drauf.

»Zefix, wos soi des jezat?«, fragt Steff, bajuvarisch-stämmiger Neo-Helvetier. Er macht bei der Vorbeifahrt ein Foto. Kommentiert: »So a Drecksau!« Jagt es durch alle Kanäle. Bald schon schickt jemand ein weiteres Bild.

Allgemeines Köpfeschütteln, bis beim Ersten der Groschen fällt, respektive der Rappen. Man ist ja in der Schweiz.

Und dann werden analog und digital am Laufmeter Halbsätze produziert wie:

»Ahaaaaaaaa …«
»Jetzt aber …«
»Heilandsack …«
»Ob es sein könne, dass …«
»Man würde sich nicht wundern, wenn … «
»Ja, wenn das so ist, dann … «
So geht das immer weiter unter den abgeschleppten Fischern, der Mannschaft vom Seerettungsdienst, den Fischern vor dem Inseli oder sonstwo auf dem See, den Leuten im Gruppenchat, immer weitere Kreise ziehend. Im Hafen Mols tippt einer mit Mechanikerfingern die 117 ins Smartphone. Er hat eins und eins zusammengezählt und hält in der anderen Hand einen feinen Draht.

Die Polizei schickt die lokalen Vertreter. Du musst hier aufgewachsen sein, um zu kapieren, wie die Leute ticken. Othmar Gätzi, Kranz-Schwinger in den 90er-Jahren, immer noch ein Schrank von einem Mann, von allen nur der »Kasten« genannt, bringt Moni Gubser mit. Auch sie Einheimische, Giftzwerg, schnell wie der Teufel, stur wie ein Esel, ledig, ergo Dienst über die Weihnachtstage. Wenn man vom »Pinscher« spricht, weiß jeder, wer gemeint ist.

Der Kasten sieht sofort: Erschütterung ersten Grades. Körpersprache. Noch mehr Fuchteln geht nicht, ohne das Gleichgewicht zu verlieren. Und, selbst wenn er es nicht schon wüsste, wird es ihm gesagt:

»Tu was!«

»Elf Uhr im Seeblick«, entscheidet der Kasten. »Sagt's den Andern.«

Dann lässt er sich Drähte zeigen, kurze an den Stoppschaltern der Motoren, Beweisstücke 001 bis 007, und den einen langen zwischen dem Bommerstein und dem Inseli. Den lässt er dann auch gleich von der Seerettung abmontieren. Beweisstück 008.

Um Elf sind längst nicht alle da. Nicht wenige sind noch auf dem See. Wer nicht zum Sportfischereiverein Nebensee gehört, scheint nicht betroffen. Es sei denn, er hat beim Inseli eingehängt. Selbst Emil Giger, genannt Migg, der Präsident vom SFVN, ist draußen. Man müsste ihn holen. Weil Flugmodus. Prinzipiell beim Fischen. Und natürlich Reto Fischli. Der soll erst mal weiter sein Banner über den See ziehen, bis man den Überblick hat. Ohnehin reißt es niemanden zurück in die Kälte. Nun, da man es sich eben gemütlich gemacht hat, den Fischzug abgeschrieben, jeder für sich die Wahl zwischen Kafi-Luz oder Bier getroffen hat, sich grimmig an einem Glas festhält. Halbleer und nicht halbvoll.

Eben seien sie noch hier im Stübli zusammengesessen, berichten die Fischerkameraden. Klausabend, aber ohne Frauen, dafür mit Samichlaus und Schmutzli, also Nikolaus und Knecht Ruprecht fürs Protokoll. Der Kasten stellt kaum Fragen. Die Antworten kommen von alleine. Moni Gubser schreibt mit. So wortkarg, wie man denkt, sind die Fischer nun auch wieder nicht. Und sie scheinen darauf versessen zu sein, chronologisch zu berichten:

Gemischter Salat, Suppe, Cordon-Bleu mit Pommes-Frites. Später Erdnüsse, »Spanisch-Nüssli« genannt, à discrétion, dazu Mandarinen und Schokokläuse. Dann habe man natürlich immer mal wieder in einer toten Sprache gesprochen. »Latein. Fischerlatein!«, zwinker-zwinker, »wenn ihr versteht, was wir meinen.«

Und dann der Höhepunkt natürlich: Der Auftritt vom Migg als Samichlaus mit dem Andi als Schmutzli. An Migg sei echt ein Stand-Up-Comedian verlorengegangen, meint einer, der die Schweiz schon mal für länger als zwei Wochen verlassen hat. Alle sind sich einig, dass Migg sauber dichten könne. Aber er habe vielleicht doch schon etwas viel gebechert gehabt und dann, »Mein Gott, warum denn nicht?«, etwas improvisiert. Stegreif statt Print-Out. Who cares? Sie hätten sich da alle etwas hochgeschaukelt. Die Stimmung jedenfalls sei super gewesen.

Und der Kormoran sei wirklich eine Pest. Fresse täglich Edelfische zu Tode. Forellen, Felchen, Egli. Alles. Bis zu 500 Gramm. Das gehe in die Tonnen.

Angefangen habe er mit begröhltem Greta-Bashing. Das habe er sauber hinbekommen, der Migg. Ausgefuchst. Habe einen auf Pfarrer gemacht. »Heilige Greta, bitt für uns«, und so. Mit Absolution und allen Schikanen.

Die Stehpaddlerinnen hätten auch ihr Fett abbekommen.

Dann irgendwie – stegreif halt – sei der Migg vielleicht, eventuell etwas falsch abgebogen, von der Migration der Kormorane zur Migration im Allgemeinen. Regelrecht politisch sei er geworden, der Migg.

Es laufe bei ihm im Geschäft halt nicht so gut. Müsse man wissen. Und die Frau sei ihm davongelaufen. Davongefahren eigentlich. Der Taxi-Schorsch. Wem sagen wir das? Kennt ihr ja. Hat es nicht so mit dem Tempolimit, oder? Und die Trix, die habe eben auch noch Geld väterlicherseits mit im Geschäft gehabt. Und wieso nicht mal etwas Dampf ablassen? Man sei ja unter sich, oder nicht? Da müsse man doch nicht gleich die Antirassismuskeule schwingen, oder?

Aber der Reto Fischli, der habe das eben nicht gecheckt. Nehme immer alles gleich persönlich. Empfindlicher Kerl! Fischli. Haha! Biete sich ja regelrecht an, den einen oder andern Spruch zu machen, oder nicht? Und dann auch noch die Frau Fischli. Also die Miss Li, allgemein bekannt unter dem Namen »Fisch-Li«, Direktimport aus Thailand, ihr wisst schon ... Ja der Spruch dazu sei dann vielleicht schon etwas unter die Gürtellinie geraten. Aber da habe es trotzdem kein Halten mehr gegeben. Tränen gelacht hätten sie. Tränen! Ja, so sei es halt zu- und hergegangen. Item, der Reto habe das irgendwie in den falschen Hals bekommen. Wie gesagt, eine Schwester und ein Linker. Gutmensch, halt. Aber, okay, ist schon sportlich vom Migg. Muss man zugeben. Schon etwas steil vorgelegt. Kann man machen. Muss man aber nicht. Jedenfalls stand der Reto auf und sagte zu Migg. Also wörtlich:

»Du kannst gut Sprüche auf Kosten anderer machen. Aber das kleinste Würstchen von allen bist und hast wohl immer noch du selber, sonst wäre dir die Trix nicht abgehauen. Und ein schlechter Fischer bist du obendrein. Man muss nur einen Blick in deine Fangstatistik werfen. Abgesehen davon bist du nur neidisch, dass du noch nie den Stephanstag-Rekord geholt hast und deswegen kein Bild von dir und deiner kümmerlichen Visage hängt, du faschistischer Schafseckel. So, jetzt hab ich's dir mal gesagt.«

Da habe es dem Migg regelrecht den Nuggi rausgehauen. Fast getötet habe es. Diese Blicke. Wow! Eiszeit. Aber eben, da müsse man nun schon auch den Migg verstehen. Also, er habe immerhin das N-Wort nicht gesagt beim Kormoran, oder? Hätte sich ja auch nicht gereimt, oder? Und den Spruch über die Mai-Ling oder wie sie heißt, also die »Fisch-Li«, ja also, man müsse ja auch etwas vertragen können, nicht? So was rutsche einem halt mal raus im Affekt und unter Alkohleinfluss.

Einfach gegangen sei er dann, der Migg. Habe auch den Schmutzli einfach stehen lassen. Ohne Worte. Starker Abgang. Dramatisch. Filmreif. Regelrecht die Stimmung verhagelt, habe einem das. Und dann seien alle der Reihe nach gegangen. Nicht heim natürlich. Das wäre ja noch schöner, oder? Freitagabend? Heim! Geht's noch? Schleift's eigentlich? Nur der Fischli sei wohl direkt zu seiner Ling petzen gegangen.

»Kommt mal auf den Punkt!«, schaltet sich der Kasten ein. Moni nickt und zeigt ihr Gebiss. Ein Lächeln ist das nicht.

Aber erst wird nochmal bestellt. Dann stummes Nippen an Kalt- und Warmgetränken. Die Blicke auf Walti gerichtet. Für etwas ist man im Vorstand, oder nicht?

»Eine Woche später, an der außerordentlichen Vorstandssitzung, haben wir Reto rausgeschmissen«, gibt selbiger endlich preis.

»Und?« Der Kasten ist kein Mann der Worte.

Waltis Blick geht zur Wand. Zu den gerahmten Bildern. Fischer halten Fische in die Kamera. Kniend. Arme ausgestreckt. Größe ist eine Frage der Perspektive. Unter den Bildern Messingtafeln. Rekordfänge der Saisoneröffnung seit der Gründung bis zum aktuellen Vereinsjahr. Es fehlt 2013. Dunkles Täferholz im Rechteck. Der Nagel ist noch drin.

»Aha«, sagt der Kasten.

»Oha«, sagt Moni.

»Ja, so ist es«, sagt Walti. »63 Zentimeter. Ein Prachtstück. Aber eben. Der Migg hätte sonst den Bettel hingeschmissen. Und dann?«

Alle starren in ihre Gläser. Was es da zu sehen gibt? Immer noch halbleer. Tendenz fallend.

»Und wie hat er's erfahren?« Da merkt man beim Kasten eben den Einheimischen. Dafür hat man den hergeschickt. Hat der Pinscher auch gekläfft? Nein. Muss man sich eingebildet haben. Die schreibt.

»Na ja.« Walti macht Kleinholz aus einem Zahnstocher. »Bei der Ausstellung. Perlmuttspangenverkauf am 21. Dezember. Da kommen immer alle. Reto natürlich auch. Da konnte ich mir das Porto sparen, oder nicht?«

»Wie hat er's aufgenommen?«, meldet sich der Pinscher doch zu Wort.

Kollektives Schulterzucken. Ja, im Grübeln sind sie gut. Auch Moni ist hier aufgewachsen.

Walti spuckt es endlich aus. »Das wird euch noch leidtun«, habe er gesagt. Einen Moment lang habe man gedacht, der schmeiße noch den Tisch mit den Perlmuttspangen um. Das wäre dann teuer geworden. Na ja, er habe es nicht getan und sei gegangen.

Der Kasten zieht die Schlüsse:

»Also hat Reto in der Nacht auf den Stephanstag die Stoppschalter überbrückt, die Propellermuttern gelöst und einen Draht zum Inseli gespannt. Um euch allen die Saisoneröffnung zu verderben. Und dann will er auch noch einen neuen Verein gründen.« Kollektives Nicken. »Na, dann wollen wir den mal befragen, wenn er zurück ist.«

»Jä, und der Migg?«, meldet sich einer.

»Was ist mit ihm?«, fragt der Pinscher.

»Der ist doch jetzt auch noch auf dem See mit diesem Irren.«

Der Pinscher und der Kasten tauschen Blicke aus. Ziehen Augenbrauen und Nasen hoch. Schürzen Lippen.

»Röbi, was meint die Seerettung? Könnt ihr ihn holen?«

Der Obmann steht auf und schaut aus dem Fenster. Die Beiz heißt nicht umsonst Seeblick. Dann drückt er auf seiner Wetterapp herum.

»Da zieht Nebel auf von Westen. Die kommen gleich ganz von selber rein.«

»Okay«, beschließt der Kasten. »Geben wir ihnen 30 Minuten. Die brauchen sie, um alle Leinen einzuholen. Wenn sie bis dann nicht im Hafen sind, geht ihr sie holen.«

Damit ist alles geklärt. Eine weitere Runde wird bestellt und Walti sagt noch:

»Gell, das geht dann auf den Verein.«

Auf dem See bleibt der Wetterwechsel nicht unbemerkt. Petrus lässt den Vorhang runter. Nebel streift von Westen über den See. Himmlische Vertuschungsaktion. Seine Jünger demütigen sich. Sieht man nicht so gerne. Zum Berg hin ist die Sicht noch offen. Viel Platz ist aber nicht. Ein Schwebenetz liegt etwa 200 Meter vom Fels entfernt im See.

Zwei Boote fahren aufeinander zu. Jedes benötigt 100 Meter in der Breite, je vier Brettchen backbord und steuerbord. Mit etwas gutem Willen ist ein Kreuzen möglich. Knapp. Eventuell müsste man die Brettchen etwas einziehen.

Aber guter Wille ist gerade ausgegangen. Nach unbekannt verzogen. Ganz im Gegensatz zum Nebel, der noch etwas näherrückt. Eigentlich müsste man abbrechen. Aber wer bricht schon ab, wenn er zu hundert Prozent im Recht ist? Recht hat. Alles Recht der Welt.

Also Autopiloten rein. 270 Grad vs. 90 Grad. Kollisionskurs. 3.5 km/h. Ein James-Dean-Moment. Der Klügere gibt nach? Träum weiter, Baby!

Bald ist der Punkt erreicht, da Abdrehen nicht mehr hilft. Wenn sich gegnerische Scherbrettchen verhaken, dann »Guet Nacht am Sechsi!« Das ginge echt ins Geld. Und der Stolz, niemals den Stolz vergessen, bis auf den Grund, bis auf die Ehre hinunter wäre der verletzt.

Also auf die Mitte zielen. Wenn schon, denn schon. Alles oder nichts. Tutti kaputti!

Reto und Migg stehen in ihren Booten. Gebleckte Zähne, starrer Blick über die Führerkabine hinweg, Face to Face. Schon ist das Weiße in den Augen zu erkennen.

Dann die Erkenntnis. Niemand wird abdrehen. Gleich kracht's. Also Augen zu und durch. Festhalten, bitte!

Rumpf schrammt an Rumpf. Seitlich abstehende Ruten splittern, als sich die Rutenhalter – solide Schlosserarbeit – ineinander verkeilen.

Jetzt Physik: zwei entgegengesetzte Antriebe, ein Drehpunkt.

Oben wickeln sich die Schnüre ganz von selber um die Ruten, unten verschmelzen Männerkörper an der Bordwand zu einem grunzenden Knäuel. Nun gar nicht mehr James Dean. Noch nicht mal John Wayne. Männer über 50 sollten sich nicht prügeln. Das ist mehr so ein Gezerre. Reto zerrt besser. Nun liegen Migg und er in seinem Boot und wälzen sich. Aber sie sind schon auf Reserve. Die Puste will nicht mehr. Die Beschimpfungen klingen etwas kläglich. Die Pumpe legt ihr Veto ein. Die Muskeln schwenken längst die weiße Fahne. Dann, endlich, schaltet sich der Kopf ein.

Zu viele Drehachsen. Wo ist der Horizont? Vielleicht mal eine Kampfpause? Auslüften? Oh, Mann, das schlägt echt auf den Magen. Erst mal aufrichten. Bloß nicht loslassen! Und immer rund-rund-rund im Kreis herum.

Ob man den Motor ausmachen sollte? Am besten beide gleichzeitig? Oder Leerlauf? Ja, Leerlauf! Superidee.

Doch das wird hinfällig, als sich die Boote mit einem Knall voneinander lösen. Hui, jetzt aber volle Kraft voraus. Der Autopilot gibt sein Bestes. Maximaler Ruderausschlag. Aber das ist zu wenig. Reicht nicht am Fels vorbei. Das ist Miggs und Retos Titanic-Moment.

Krawumms und Abflug! Platsch. Platsch.

Die Boote machen sich aus dem Staub. Feige Bande! Jedes zieht ein Bündel Scherbrettchen hinter sich her. Flitterwochen auf dem See. Aber Geisterschiffe. Entgegengesetzter Längskurs: 270 Grad und 90 Grad.

Zurück bleibt ein wassertretendes Männerpaar, das sich was getraut hat. Zu viel. Auch hier geht es um Grade. Celsius. 5.8, um genau zu sein.

Migg und Reto haben etwa 30 Minuten, um das Ertrinken zu überleben:

Erst der Kälteschock. Kehlkopfdeckel, Schotten dicht!

Gleichzeitig abhusten. Hyperventilieren. Kontroverse. Ja nicht das Gesicht ins Wasser! Rettungswesten wären jetzt genial. Migg und Reto müssen strampeln. Schaffen sie. Nach zwei Minuten geht es besser.

Doch Schwimmversagen bahnt sich an. Muskelkontraktion. Auch im Brustkorb. Luft! Drei Meter noch! Wie Angelzapfen liegen sie im Wasser. Zwei Meter zum rettenden Ufer, das eine Felswand von einem Kilometer Länge und 300 Metern Höhe ist. Wie ein Riesentanker, an den man klopfen kann, ohne je gehört zu werden. Nicht ganz so glatt, zugegeben. Es gibt ein paar Griffe in der Schichtung des Kalksteins. Reto bekommt einen zu fassen. Streckt den Arm. Miggs Ärmel. Er zieht ihn ran. Nun, wie die Käfer am Schwimmbadrand. Kann das gutgehen?

Es müsste jemand kommen. Aber schnell. Da gibt es doch immer Leute auf der anderen Seeseite, die mit Feldstechern an den Fenstern kleben. Spanner halt. Manchmal Lebensretter. Wenn sie denn was sähen. Was gerade unmöglich ist. Der Nebel.

Eine Hoffnung ist Miggs Boot. In etwa zehn Minuten läuft es in Walenstadt auf den Strand auf. Auch Retos Boot wird man früher oder später entdecken. Dann Kurse zurückverfolgen. Die Seerettung hat Radar. Wenn sie bis an zehn Meter an die Felswand rankämen, würden sie sie sehen. Davor allerdings? Sie geben ja kein Echo ab hier am Berg. Witziges Wortspiel, wenn man sich nicht gerade zu Tode friert.

Die Geräusche ihrer Boote haben sich verloren. Zu hören ist nur das Flüstern der wirklich leisen Wellen am Fels. Irgendwo rieselt etwas Wasser herab. Der Berg lockert ein paar Steine. Über dem Nebel muss die Sonne scheinen. Drehen Alpendohlen ihre Runden. Das Leben insgesamt geht weiter.

Aber nicht hier unten.

Wenn sie im Wasser blieben, trieben Wasserleichen bald im See. Da! Die Warntafel. *Parkverbot von wegen Steinschlag.* Witz ahoi! Aber man kann sich daran festhalten. Stummes Übereinkommen. Sie hangeln sich verbissen vor. Die Hände? Wo sind die Hände? Man kann sie sehen. Spüren kann man sie nicht. Gemeinsam schaffen sie's. Raus aus dem Wasser! Die Luft ist zwar noch kälter, aber, Physik sei Dank, leitet sie Kälte über zwanzigmal schlechter. So lange die Beiden in Bewegung bleiben, haben sie eine Chance. Jetzt kraxeln. Richtung Quinten, beim Gasbach, hat die Geologie auf einem auslaufenden Schutthaufen einen einsamen Strand gebaut. Im Sommer finden Revierkämpfe zwischen bootsbesitzenden Einheimischen statt. Im Winter verirren sich höchstens ein Paar Gämsen dorthin.

Reto rutscht ab. Migg krallt sich an eine Krüppelkiefer und zieht ihn wieder aus dem Wasser. Weiter, weiter! Bewegung, Bewegung! Es ist zu schaffen. Die letzten Meter nochmals in den See. Grasbüschel bieten Halt für Hände, die nicht wissen, was sie tun. Aber sie tun es. Bis die Füße endlich Grund finden. Raus jetzt, aber flott!

Und dann, keuchend, vornübergebeugt, aber am Strand stehend, klammern sich die beiden aneinander fest. So kalt war es noch keinem. Doch Migg gelingt so was wie ein Grinsen, als er sich in die Innenjacke fasst. Er zieht einen Plastiksack heraus. Zippverschluss. Darin seine Pfeife. Der Tabak. Und ein Feuerzeug.

Reto klopft Migg auf die Schulter und nickt. Ohne Worte.

Schwemmholz suchen. Und Reisig. Nicht wählerisch sein. Und dann, Gott sei's getrommelt und gepfiffen, ein verdorrtes Birklein. Mit dessen Rinde wird es klappen.

Alles hinter einen Felsklotz schaffen. Gemeinsam schaffen sie es, ein Feuer zu entfachen. Rasch wird es größer. Migg und Reto hocken sich hin. Halten die Hände zu den Flammen. Die nächsten zehn Minuten gehören ganz dem Schmerz. »Kuhnagel«, sagt man hierzulande dazu. Das hier ist die Mutter des Kuhnagels, als das Blut wieder in die Hände schießt. Die Männer winden sich vor Schmerzen. Dem Anderen zuliebe stöhnen sie nur leise.

Endlich entspannen sich ihre Züge. Holz nachlegen. Oh, ja! Dann greift Migg nochmal in seine Innentasche und holt den Flachmann hervor.

Reto hebt den Zeigefinger und holt ein identisches Behältnis aus seiner Jacke. Versonnen betrachten sie das Vereinslogo darauf. Ein Lächeln huscht über ihre Gesichter, als sie die Verschlüsse abschrauben. Dann hoch die Tassen!

»Migg!«

»Reto!«

Glossar

Alp	Alm
Alpsegen	Schutzgebet, auf der Alp gerufen, siehe auch Betruf
Aue	weibliches Schaf
Beiz	Kneipe
Beizerin	Wirtin
Betruf	Schutzgebet, auf der Alp gerufen, siehe auch Alpsegen
Blick	Schweizer Tageszeitung (Boulevard)
brunzen (vulgär)	pinkeln
Büel	Flurname für Hügel, je nach Region auch Büchel
Bündner	Menschen aus dem Schweizer Kanton Graubünden
Bünzli	Spießer, Kleinkrämer
bünzlig	kleinkariert, spießig
Caquelon	Topf zur Zubereitung von Käsefondue
Chräuel	hier: Krallen
Christkindli	Christkind

Churfirsten	prägnante Gebirgskette mit sieben Gipfeln in der Ostschweiz
Cordon-Bleu	mit Käse und Schinken gefülltes, paniertes Schnitzel
Cüpli	ein Glas Sekt
darauf einen lassen können (vulgär)	pupsen, sinngemäss: darauf kannst du wetten
Do swidánija	Auf Wiedersehen (russisch)
Drahtesel	Fahrrad
Dübel rauchen	Joint rauchen
Egli	Flussbarsch
Föhn	warmer Fallwind an den Alpen
Föhre	Kiefer (Baumart)
Gemeindeamman	Gemeindepräsident
Goldküste	Teil des östlichen Zürichseeufers mit wohlhabenden Gemeinden
Guet Nacht am Sechsi	Ausdruck, um zu sagen, dass man sich auf was gefasst machen kann
Hallodri	leichtfertiger, etwas unzuverlässiger Mann
Heimetli	abgelegenes, kleines Bauerngut, heute evtl. als Wohnobjekt umgenutzt

Henrystutzen	Old Shatterhands legendäres Gewehr
Hoi	Hallo
im Fall	nur, damit du es weisst (rechthaberisch)
Jesses	Jesus, Ausruf des Schreckens
jmd. den Nuggi raushauen	sehr wütend werden (Nuggi = Schnuller)
jmd. die Kappe waschen	jmd. den Kopf zurechtrücken, die Meinung sagen
jmd. etw. vergessen	jmd. etwas vergeben, verzeihen
Kafi Luz	Luzerner Kulturgetränk: Kaffee schwarz im Glas mit Zucker und Fruchtbrand
Konfiskat	Kadaversammelstelle
Kranz-Schwinger	Die besten Schwinger erhalten einen Kranz aus Eichenlaub
Krumme	dünne, krumme Zigarre
Kuhnagel	stechender, durch Kälte verursachter Schmerz
Lumpen	Lappen
Milchkästli	Ablagekasten ohne Schloss am Briefkasten
Nussgipfel	süsses Hefeteiggebäck mit Mandel- oder Haselnussfüllung

Nüssli	Erdnüsse, siehe Spanisch Nüssli
obergestopft	vollkommen abgehoben, überkandidelt
Obmann	Vorsteher
Petri (Heil)	Grußwort, um jmd. Fangerfolg zu wünschen oder zum Fang zu beglückwünschen
Pojechali	Na dann, auf geht's (russisch)
Pöstler	Brief- oder Paketbote
Rapp	hier: Lämmergeier oder Bartgeier
Raunächte	Die Nächte zwischen dem 20. Dezember und dem 6. Januar
Rechaud	Stövchen
Samichlaus	Nikolaus, hier in Rot mit Kapuze und ohne Mitra
Schmutzli	Knecht Ruprecht
Schnuggel	Kosename
Schwingen	Kampfsportart, Schweizer Nationalsport
Seez	Fluss, der in den Walensee mündet
Senkloch	Ablauf, Straßenablauf
Shöttli	Schnaps oder Likör in der Kleinflasche oder im Glas zu 2 cl oder 4 cl

Spanisch Nüssli	Erdnüsse mit Schale
Stecken	Holzstock
Stutz	hier: ansteigende Straße (vergl. stotzig)
Tanzen wie Lumpen am Stecken	ausgelassen und ausdauernd tanzen
Tenn	Heuboden, Scheune
Tierget	Tiergarten (ein Flurname)
Tixi-Taxi	Fahrdienst für mobilitätseingeschränkte Menschen
Tobel	Schlucht
Towarischtsch	Genosse, Kamerad (russisch)
Unimog	Universal-Motor-Gerät von Mercedes-Benz, leichter Geländelastwagen
Voressen	Ragout, Schmorgericht mit kleinen Fleischstücken
Weihnachtsguezli	Plätzchen
Wurm	hier: Lindwurm, Drache
Zefix	Abkürzung von Kruzifix, Bayrisches Fluchwort
Zimmerverlesen	Anwesenheitskontrolle vor der Nachtruhe (militärisch)